KB080208

내일부터는 행복한 사람이 되겠습니다

给孩子的诗

Copyright ⓒ 2014 by Bei Dao
Korean Translation Copyright ⓒ 2015 by Maumsanchaek
This translation is published by arrangement with CITIC PRESS
CORPORATION through SilkRoad Agency, Seoul, Korea.
All rights reserved.

이 책의 한국어판 저작권은 실크로드 에이전시를 통해
CITIC PRESS CORPORATION과 독점 계약한 마음산책에 있습니다.
저작권법에 의해 한국 내에서 보호를 받는 저작물이므로
무단 전재와 복제를 금합니다.

▪ 이 도서의 국립중앙도서관 출판시도서목록(CIP)은
서지정보유통지원시스템 홈페이지(http://seoji.nl.go.kr)와
국가자료공동목록시스템(http://www.nl.go.kr/kolisnet)에서 이용하실 수 있습니다.
(CIP제어번호: CIP2015030813)

시인 베이다오가 사랑한 시

내일부터는 행복한 사람이 되겠습니다

최용만 외 옮김

마음산책

중국어 **최용만** 베이징대학교 중문과에서 석사학위를 받았다. 옮긴 책 『허삼관 매혈기』 『가랑비 속의 외침』 『형제』 『영혼의 식사』 등.

영어 **서창렬** 연세대학교 영어영문학과를 졸업했다. 옮긴 책 『축복받은 집』 『저지대』 『엄마가 날 죽였고, 아빠가 날 먹었네』 등.

스페인어 **정창** 경희대학교, 멕시코 과달라하라주립대학교, 스페인 마드리드국립대학교에서 문학을 전공했다. 옮긴 책 『뻬드로 빠라모』 『연애소설 읽는 노인』 『불타는 평원』 등.

러시아어 **이상원** 서울대학교 노어노문학과 대학원 및 한국외대 통번역대학원을 졸업했다. 옮긴 책 『안톤 체호프 단편집』 『아버지와 아들』 『대프니 듀 모리에』 등.

프랑스어 **백선희** 덕성여자대학교 불어불문학과 및 프랑스 그르노블 제3대학에서 석·박사 학위를 받았다. 옮긴 책 『단순한 기쁨』 『웃음과 망각의 책』 『하늘의 뿌리』 등.

독일어 **박광자** 충남대학교 독문학과 명예교수. 옮긴 책 『벽』 『셰에라자드』 『싯다르타』 등.

일본어 **권남희** 무라카미 하루키, 마스다 미리 등 다수의 작가 책을 번역했다. 지은 책 『번역은 내 운명』(공저) 『번역에 죽고 살고』 『길치 모녀 도쿄 여행기』.

이탈리아어 **이승수** 한국외국어대학교 이탈리아어과 및 동 대학원에서 박사학위를 받았다. 옮긴 책 『페레이라가 주장하다』 『다뉴브』 『이 작은 책은 언제나 나보다 크다』 등.

내일부터는 행복한 사람이 되겠습니다

1판 1쇄 인쇄 2015년 11월 20일
1판 1쇄 발행 2015년 11월 25일

지은이 | 베이다오
옮긴이 | 최용만 외
펴낸이 | 정은숙
펴낸곳 | 마음산책

편집 | 이승학 · 최해경 · 김예지 · 박선우   디자인 | 이혜진 · 이수연
마케팅 | 권혁준   경영지원 | 이현경

등록 | 2000년 7월 28일(제13-653호)
주소 | (우 04043) 서울시 마포구 잔다리로 3안길 20(서교동 395-114)
전화 | 대표 362-1452 편집 362-1451   팩스 | 362-1455
홈페이지 | http://www.maumsan.com   블로그 | maumsanchaek.blog.me
트위터 | http://twitter.com/maumsanchaek
페이스북 | http://www.facebook.com/maumsanchaek
전자우편 | maum@maumsan.com

ISBN 978-89-6090-244-2 03800

* 책값은 뒤표지에 있습니다.

나와 세상 사이에
너는 만灣이고, 돛이다

베이다오

■ 일러두기

1. 이 책은 중국의 시인 베이다오北島가 세계 시 70편과 중국 시 31편을 엮고 서문을 쓴 시선집 『给孩子的诗』(중신출판사, 2014)를 번역한 책이다. 베이다오가 선별한 101편의 시 가운데 중국 시를 제외한 세계 시들은 정확성을 기하고자 언어권별로 해당 언어 전문 번역가가 직접 원문을 번역했다. 영어, 스페인어, 러시아어, 프랑스어, 독일어, 일본어, 이탈리아어 번역가는 다수의 원문 판본을 면밀히 검토 후 그 가운데 가장 신뢰성 있는 판본을 택했다. 해당 원전을 찾지 못한 경우 영역본과 중국어 번역본을 참조하여 번역했다. 이러한 작품의 번역 제목은 원제와 함께 부록에 병기했다.

2. 시의 배열 순서는 원서를 따랐으며 각주는 모두 옮긴이의 것이다.

3. 외국 인명, 지명, 작품명 및 독음은 외래어표기법을 따르되 관용적인 표기와 동떨어진 경우 절충하여 실용적 표기를 따랐다.

4. 영화명, 연극명, 곡명, 잡지와 신문 등의 매체명은 〈 〉로, 장편소설과 책 제목은 『 』로, 시나 단편소설, 희곡 등 편명은 「 」로 묶었다.

5. 사용 허가를 받지 못한 일부 작품은 저작권자와 연락이 닿는 대로 정식 동의 절차를 밟을 예정이다.

젊은 친구들에게 보내는 편지

젊은 친구들에게,

나와 여러분은 일면식 없이 이 시대를 함께 살아갑니다만 여러분이 혹시라도 시를 접했다면 인연이라고 할 수도 있을 겁니다. 인생의 길에서 여러분은 바야흐로 청춘의 시기를 맞이하였는바, 시는 방향을 판별하고 인생을 느끼고 만물에 이름을 부여하는 이정표라 할 수 있을 것이니 이는 운명 속의 행운입니다. 돌아보건대 나도 여러분처럼 젊었던 적이 있었고, 시를 만났을 당시 마치 마음속으로 그리던 연인을 만난 듯한 느낌이었으므로 사랑은 시가 지닌 원초적 동력이라고 할 수 있습니다.

세상에 나고 자라는 모든 아이들은 각기 다른 단계를 겪게 됩니다. 특히 청소년기는 이전과는 다른 민감함과 불안정함이 갑작스럽게 나타나기에 완전히 다른 경계로 넘어서기 위해서는 상상력과 창조성을 키워야 합니다. 나는 청춘이 시를 만나게 되면 때로는 순식간에 불꽃이 튀기도 하고, 절차탁마하여 좋은 작품을 쓰기도 하며, 뜨거운 피가 끓어오르기도 하고, 급기야 환한 빛이 내면을 밝혀 어찌할 바 몰라 헤매거나 깊은 잠에 취해 있다가 깨어나기도 한다고 믿습니다.

눈송이와 꽃잎, 이른 봄과 산들바람, 고운 모래와 폭풍 등과 같이 아이들은 각각의 지문指紋이 결코 중복될 수 없는 것처럼 독특한 감수성을 지니고 있습니다. 사실 이 모든 것들이 시적 의미라고 할 수 있겠습니다만 아직 시는 아니지요. 바꾸어 말하면 시는 형식이며 문자와 음악성 등의 여러 요소들로 이루어지는 것이라 하겠습니다.

열 살이 되던 해 나는 처음으로 '시'를 썼습니다. 잡지나 신문 등 여기저기서 베껴 쓴 탓에 진부하고 상투적이긴 했습니다. 하지만 글의 배열이나 리듬감 등에 의해 마치 전기가 통한 것 같은 이상한 느낌을 경험했던 순간이었습니다.

여름방학에는 아버지께서 고시를 외우라고 하는 통에 그 뜻도 잘 알지 못한 채 외우기는 했습니다만, 다행히 음운과 박자의 흐름을 따라갈 수 있었습니다. 예를 들면 두보의 「객지客至」의 도입부 "어디고 봄기운 가득하여 촉촉한데 기러기 떼만 매일 날아온다舍南舍北皆春水 但見群鷗日日來"라는 구절을 읽으면 마음이 확 트이고 유쾌한 기운이 넘칩니다. 그렇게 어릴 때부터 고시를 외워서인지 세월이 지나도 입만 열면 여전히 아름다운 시구들이 튀어나옵니다. 그런 걸 보면 시는 핏속에 침투하는

게 아닌가 싶습니다. 같은 맥락에서 아이들이나 청소년에게 음악성이 시 세계를 여는 열쇠가 됩니다.

삼 년 전, 내 아들 또우또우가 막 초등학교 1학년이 되었을 때, 표준어 낭송반에 뽑혀 홍콩 초등학교 낭송대회에 참가한 적이 있었습니다. 그날 오후, 녀석이 가져온 시는 「만약 내가 분필이라면」이었습니다. 이런 시입니다. "(…) 만약 내가 분필이라면 / 나는 기쁘게 나 자신을 희생할 거야 / 선생님이 칠판에 글을 쓸 수 있게 / 친구들이 칠판에 그림을 그릴 수 있게 / 나는 보호가 필요없어 / 다만 쓸데없이 부러뜨리고 가루내지 말길 바랄 뿐."

이 시를 읽고 나는 깜짝 놀라고 말았습니다. 이런 표준어 훈련 교재는 함량 미달의 것들이 넘치는 까닭에 아이들의 상상력에 나쁜 영향을 미치기 때문입니다. 그래서 내가 먼저 시범 삼아 「만약 내가 분필이라면」을 일부러 코를 씰룩거리며 낭송했습니다. 다행히도 또우또우는 기분 상해하지 않고, 아침 일찍 선생님에게 이렇게 말했답니다. "선생님, 저는 분필이 되고 싶지 않아요."

그날 결심한 뒤 이삼 년의 노력의 결과로 이 책을 또우또우를 포함한 아이들에게 주는 선물로 완성했습니다. 아이들은 타고난 직관과 오성으로 시에 진입하는 문을 열어젖힐 것이고 그 시기는 빠를수록 좋습니다.

이 책은 70편의 세계 시에 중국 시 31편을 더해 총 101편으로 이루어져 있습니다. 작품의 선별 기준에 관해 간단히 말하자면 첫 번째는 음악성, 두 번째는 감성, 세 번째로 고전성을 기준으로 삼았습니다. 장치張新에게 감사한 마음을 전합니다. 대량의 후보작들을 수집해주었고, 번역을 도와주었습니다. 편집부에도 감사드립니다. 원문과 대조하며 교정하고, 시인의 약력을 집필하고, 저작권 문제를 해결하기 위해 다방면의 연락을 취하느라 늘 분주했습니다. 이들의 노력이 아니었으면 이 책의 출판은 불가능했을 것입니다.

삶 속에서 마주치게 되는 행운에 빗대어 시를 논하자면 시는 마치 횃불에 불을 당기는 것과 같다고 말하고 싶습니다. 때로는 시의 빛이 돌연 사람을 깨어나게 하기 때문입니다.

베이다오

□ 차례 □

사랑하고, 마시고, 미소 짓는 것을
고민하지 말라

페르난두 페소아

순수의 전조*

윌리엄 블레이크

한 알 모래에서 세계를 보고
한 송이 들꽃에서 천국을 본다
그대 손바닥에 무한을 쥐고
한 순간에 영원을 담아라

---

* 이 작품은 「순수의 전조」의 부분이다.

호랑이

윌리엄 블레이크

호랑아! 호랑아! 밤의 숲에서
이글이글 불타는 호랑아
어떤 불멸의 손과 눈이
네 전율스러운 균형을 빚어냈을까?

머나먼 심해나 드높은 창공에서
네 눈은 불타오르는가?
어떤 날개로 감히 그곳까지 날아오르려 하나?
어떤 손이 감히 그 불길을 잡으려 하나?

그리고 어떤 어깨, 어떤 솜씨가
네 심장의 힘줄을 비틀 수 있었을까?
또 네 심장이 뛰기 시작했을 때
어떤 두려운 손이? 어떤 두려운 발이?

어떤 망치가? 어떤 사슬이?
어떤 용광로에 네 두뇌는 있었을까?
어떤 모루가? 어떤 철침이

감히 그 지독한 공포를 움켜쥐었나?

별들이 그들의 창을 던지고
그들의 눈물로 하늘을 적셨을 때
그분은 자신의 작품을 바라보며 미소 지었을까?
어린양의 창조주 그분이 너 또한 만들었을까?

호랑아! 호랑아! 밤의 숲에서
이글이글 불타는 호랑아
어떤 불멸의 손과 눈이
감히 네 전율스러운 균형을 빚어냈을까?

지나간 시절

로버트 번스

옛 친구는 잊혀져야 하고
그렇게 떠올리지 않아야 하는가?
옛 친구는 잊혀져야 하는가,
오래전 그 시절과 함께!

지나간 시절을 위해, 친구여
지나간 시절을 위해
우리 한 잔의 정을 나누세,
지나간 시절을 위해

자네의 술은 자네가 사게나!
당연히 내 술은 내가 사겠네!
자, 우리 한 잔의 정을 나누세,
지나간 시절을 위해

우리 둘은 언덕을 뛰어다녔지,
예쁜 데이지 꽃도 꺾었지,
온종일 돌아다녀 발이 아팠지,

지나간 그 시절에

우리 둘은 첨벙거리며 개울을 건넜지,
한낮부터 해질녘까지
하지만 우리 사이의 바다는 거칠고 아득하네,
지나간 그 시절 이후로

진실한 친구여, 여기 손이 있네
자네 손을 내게 주게나
자, 우리 우정의 잔을 나누세,
지나간 시절을 위해

자연에게 *

프리드리히 횔덜린

그 시절 나 그대의 베일 주위를 즐거이 맴돌며
마치 꽃처럼 그대에게 마냥 매달려
부드럽게 떨리는 내 가슴에 감도는
당신의 심장 소리에 귀 기울였다.
믿음과 그리움으로 나는 그대처럼
충만하여, 그대의 모습 앞에 서서
내 눈물을 위한 장소 하나
내 사랑을 위한 세계 하나를 찾았다.

그 시절 태양이 내 목소리를 듣기라도 하듯
내 마음은 태양을 향했고,
별들을 내 마음의 형제라 부르고
봄을 신의 선율이라 불렀다.
수풀을 흔드는 숨결 가운데서
그대의 영혼, 환희의 영혼은
내 마음에 고요한 물결 일으켰고
황금빛 날들은 나를 안아주었다.

---

* 이 작품은 「자연에게」의 부분이다.

별들은 미동도 없이

하인리히 하이네

별들은 미동도 없이
저 높은 하늘에서
사랑의 애절함으로 수천 년
서로를 바라보고 있습니다.

너무도 풍성하고 아름다운 언어로
별들은 이야기를 나누지만
그들의 언어를 어떤 학자도
알아듣지 못합니다.

하지만 나는 그 언어를 배워
가슴속에 새겨두었습니다.
그들 언어의 해법은
내 사랑하는 이의 얼굴이랍니다.

~에게

알렉산드르 푸시킨

기적의 순간을 기억합니다
그대, 내 앞에 나타났던 순간
찰나의 환영처럼
순수한 아름다움의 화신처럼.

절망적인 슬픔의 고통 속에서
세상사 수군거림의 불안 속에서
부드러운 그 목소리 오래 울리고
다정한 그 모습 꿈에 보였습니다.

세월이 흐르고 과거의 꿈은
사나운 폭풍에 갈가리 찢겼습니다.
나는 잊었습니다, 그대의 부드러운 목소리를,
그대의 천사 같은 모습을.

적막한 어둠 속에 갇힌 채
나의 날들은 소리 없이 흘러갔습니다
신성도, 영감도 없이

눈물도, 삶도, 사랑도 없이.

그 영혼이 다시 깨어났습니다
다시금 그대가 나타났습니다
찰나의 환영처럼
순수한 아름다움의 화신처럼.

가슴은 환희로 고동치고
새로이 되살아났습니다
신성이, 영감이
삶이, 눈물이, 사랑이.

삶이 그대를 속일지라도

알렉산드르 푸시킨

삶이 그대를 속일지라도
슬퍼하거나 화내지 말라!
절망의 날 견뎌내면
기쁨의 날 찾아오리니.

마음은 미래에 살고
현재는 늘 슬픈 법
모든 것은 한순간이고 지나간다
지나간 것은 소중해지리니.

때때로, 모두 잠든 후, 나는 벅찬 가슴으로

빅토르 위고

때때로, 모두 잠든 후, 나는 벅찬 가슴으로
우리 이마 위로 별 총총히 불타는 둥근 지붕 아래 앉아
저 높은 곳에서 무슨 소리 떨어지나 귀 기울인다.
시간이 날개 뻗어 툭 쳐도 모르고
눈부신 하늘이 밤마다 세상에 열어주는
영원한 축제를 응시하며 감격한다.

그럴 때면 종종 나는, 저 불타는 태양들이
잠든 이 세상에서 뜨겁게 달구는 것이 내 영혼뿐이라고,
오직 나만이 저 별들을 이해할 운명을 타고났노라고,
어둡고 말없고 헛된 그림자인 내가
성대한 밤의 의식을 누리는 신비스러운 왕이라고,
하늘이 오직 나를 위해 환히 불 밝혔다고 믿었다!

돛단배

미하일 레르몬토프

푸른 바다 안개 속에
홀로 흰 돛단배여!
머나먼 나라에서 무엇을 찾는가?
고향 땅에 무엇을 버렸는가?

파도가 춤추고 바람은 소리친다
돛대가 휘면서 삐걱거린다
아아, 그는 행복을 찾지 않는다
행복에서 떠나온 것도 아니다!

돛단배 아래는 푸르른 물결
돛단배 위는 황금빛 햇살……
하지만 폭풍을 갈구하는구나
폭풍 속에 평온함이 있다는 듯!

내가 급류였으면……

산도르 페퇴피

내가 급류였으면,
산속 좁은 강줄기,
험한 길을 따라
바위들을 지나……
나의 사랑하는 이가
한 마리 작은 물고기라면
내 물보라 속에서
즐겁게 헤엄쳐 나갈 텐데.

내가 미답의 삼림이었으면,
흐르는 강물 양편에서
가로지르는 광풍을 상대로
용감히 맞서 싸우는……
나의 사랑하는 이가
한 마리 작은 새라면
내 무성한 나뭇가지 사이에
둥지를 짓고 지저귈 텐데.

내가 폐허였으면,
높고 험한 암벽 위에서
고요한 침묵 속에 절멸한다 해도
낙담하지 않을 텐데······
나의 사랑하는 이가
늘 푸른 나무 등걸이라면,
황량한 나의 이마를 따라
애틋하게 기어오를 텐데.

내가 초가집이었으면,
깊고 깊은 산골짜기
초가지붕
온갖 비바람을 맞으며······
나의 사랑하는 이가
어여쁜 불꽃이라면
내 화로 속에서
신나게 천천히 토닥일 텐데.

내가 구름송이였으면,
잿빛 찢어진 깃발이었으면,
넓고 아득한 하늘
하릴없이 이리로 저리로 떠다닐 텐데……
나의 사랑하는 이가
산호 같은 석양이라면
내 창백한 얼굴 곁에서
곱디고운 빛깔로 눈부실 텐데.

기억이 망각이라면

에밀리 디킨슨

기억이 망각이라면
난 기억하지 않으렵니다.
망각이 기억이라면
망각할 뻔했습니다!
그리움이 즐거움이라면
슬픔이 기쁨이라면
오늘, 무덤에 바칠 꽃을 꺾는
이 손은 얼마나 행복할까요!

나는 어머니를 기억하지 못하지만

라빈드라나트 타고르

나는 어머니를 기억하지 못하지만
가끔 놀이에 열중하고 있을 때
내 장난감 위로 노랫가락 하나 떠도는 듯합니다.
어머니가 내 요람을 흔들면서 흥얼거리던 그 가락입니다.

나는 어머니를 기억하지 못하지만
이른 가을 아침
아카시아 꽃향기 공중에 떠돌 때
사원의 아침 예배 내음 어머니의 숨결처럼 내게 옵니다.

나는 어머니를 기억하지 못하지만
내 방 창문 통해 먼 하늘 푸른빛 바라볼 때
내 얼굴 응시하던 어머니의 그윽한 눈길
하늘 가득 퍼져 있는 것을 느낍니다.

그대 늙어

윌리엄 버틀러 예이츠

그대 늙어 머리 세고 졸음 많아져
난롯가에서 꾸벅거릴 때, 이 책 꺼내
천천히 읽으며 그대의 눈이 한때 지녔던
고운 눈매와 그윽한 그늘을 꿈꾸라.

많은 이들 그대의 밝고 우아한 순간을 사랑했고
거짓으로든 진심으로든 그대의 아름다움을 사랑했지만,
그대 안에 깃든 방랑의 영혼을 사랑하고
변해가는 얼굴에 깃든 비애를 사랑한 이는 한 사람뿐.

벌겋게 달아오른 난로 옆에서 허리 구부리고
조금 슬픈 어조로 불평하라. 사랑이 달아나
머리 위 천국의 산을 거닐다가
별 무리 사이로 그의 얼굴 숨겨버렸다고.

쿨 호수의 야생 백조

윌리엄 버틀러 예이츠

나무는 가을 아름다움으로 몸단장하고
숲길은 메마르다.
시월의 석양 아래
물은 고요한 하늘을 비춘다.
돌 사이 찰랑대는 물결 위
쉰아홉 마리 백조.

내가 처음 세기 시작한 이후로
열아홉 번째 가을이 내게 왔구나.
끝까지 다 세기도 전에 나는 보았지.
요란한 날갯짓으로
갑자기 날아올라
커다란 원호를 그리며 돌다 흩어지는 것을.

저 눈부신 새들 바라보니
이제 마음이 아프다.
모든 게 변했구나, 해 질 무렵
나 처음 이 호숫가에 와서

머리 위로 종소리 같은 날갯짓 소리 들었을 땐
발걸음도 한결 가뿐했나니.

여전히 피곤을 모르고 사랑하는 것들끼리
차갑고 상쾌한 물속에서 헤엄치거나
공중으로 날아오른다.
저들의 가슴은 늙지 않아서
어딜 가든 열정과 극복 의지가
여전히 함께하는구나.

이제 백조들 고요한 물 위를 떠다니는데,
그 모습 신비롭고 아름답다.
나 어느 날 잠 깨어 저들이 날아가버린 것을 알게 될 때,
그때 저들은 어느 호숫가나 웅덩이의
골풀 사이에서
사람의 눈을 즐겁게 하려나?

가지 않은 길

로버트 프로스트

노란 숲 속에 두 갈래 길이 있었지.
몸이 하나라 두 길을 다 가지 못하는 것을
안타까워하며 한참을 서서
낮은 수풀로 꺾여 내려가는 한쪽 길을
눈길이 미치는 한 멀리까지 바라보았어.

그리고 똑같이 아름다운 다른 길을 택했지.
더 많이 걸어야 할 길일 거라 생각한 거야.
풀이 우거져서 발길을 부르는 듯했으니까.
그 길도 걷다 보면 자취가 쌓여
다른 한 길과 거의 같아질 테지만.

그날 아침 두 길은 낙엽 밟은 발자취 없이
똑같이 낙엽에 덮여 있었지.
아, 나는 한쪽 길은 훗날을 위해 남겨놓았어!
길은 길로 이어진다는 걸 알기에
다시 돌아올 수 있을까 미심쩍었지만.

오랜 세월 지난 뒤 어디에선가
나는 한숨 지으며 이 얘기를 하겠지.
숲 속에 두 갈래 길이 있었다고, 나는—
사람들이 적게 간 길을 택했다고,
그리고 그 때문에 모든 것이 달라졌다고.

해빙의 바람에게

로버트 프로스트

오, 우렁찬 남서풍,
비를 몰고 오라!
노래하는 새, 둥지 트는 새도 데려오라.
땅에 묻힌 꽃에게 꿈을 주어라.
쌓인 눈 더미에서 김이 나게 하라.
흰 눈 아래 갈색 땅을 찾아내라.
오늘 밤 어떻게 해서든
내 창문을 씻어 물기가 흐르게 하고
창문을 녹여 얼음이 사라지게 하라.
유리창의 얼음을 녹이고
은자의 십자가 같은 창살은 남겨두어라.
내 좁은 방으로 불어닥쳐
벽에 걸린 그림을 흔들어라.
책장을 펄럭펄럭 넘겨라.
마루에 시를 흩뿌려라.
그 시인을 문밖으로 몰아내라.

가을날

라이너 마리아 릴케

주여, 때가 되었습니다. 여름은 참으로 위대했습니다.
당신의 그림자를 해시계 위에 던져주시고,
들판에 바람을 풀어놓아주소서.

마지막 열매들이 살이 찌도록 명해주시고,
그들에게 이틀만 더 따뜻한 날을 주소서,
열매들이 무르익도록 해주시고,
무거운 포도송이에 마지막 단맛을 주소서.

지금 집이 없는 사람은 이제 집을 짓지 못합니다.
지금 홀로 있는 사람은 오랫동안 그러할 것입니다.
잠이 깨어 책을 읽고 길고 긴 편지를 쓸 것입니다.
나뭇잎이 떨어질 때면
가로수 사이로 이리저리 불안스레 방황할 것입니다.

엄숙한 시간

라이너 마리아 릴케

지금 어디선가 울고 있는 사람은
세상에서 까닭 없이 울고 있는데
그 사람은 나 때문에 울고 있다.

지금 어디선가 웃고 있는 사람은
세상에서 까닭 없이 웃고 있는데
그 사람은 나 때문에 웃고 있다.

지금 어디선가 걷고 있는 사람은
세상에서 정처 없이 걷고 있는데
그 사람은 나에게로 오고 있다.

지금 어디선가 죽어가는 사람은
세상에서 까닭 없이 죽고 있는데
그 사람은 나를 바라보고 있다.

안개

칼 샌드버그

안개는
작은 고양이 걸음으로 온다.

가만히 웅크리고 앉아
항구와 도시를
굽어보다가
이윽고 자리를 뜬다.

미라보 다리

기욤 아폴리네르

미라보 다리 아래 센 강이 흐르고
우리의 사랑도 흐르는데
기억해야 하는가
기쁨은 언제나 괴로움 뒤에 온다는 것을

밤이여 오라 시간이여 울려라
세월은 가고 나는 남았네

손을 맞잡고 마주 앉아
우리의 팔이 만든
다리 아래로
영원한 눈길에 저리도 지친 물결 흐르는데

밤이여 오라 시간이여 울려라
세월은 가고 나는 남았네

사랑이 가네 흐르는 물처럼
사랑이 가네

삶은 얼마나 더디고
희망은 또 얼마나 격렬한지

밤이여 오라 시간이여 울려라
세월은 가고 나는 남았네

하루하루가 가고 한 주 한 주가 흐르는데
흘러간 시간도
사랑도 돌아오지 않고
미라보 다리 아래 센 강은 흐르네

밤이여 오라 시간이여 울려라
세월은 가고 나는 남았네

나는 모른다

후안 라몬 히메네스

나는 모른다
오늘의 언저리에서
내일의 언저리까지 어떻게 건너뛸지를.
그사이에 강은
이 오후의 현실을 바다로 데려간다
기대도 없이.
나는 동편을, 서편을 바라본다,
남쪽을 바라본다, 북쪽을……
찬란한 하늘과 함께
내 영혼으로 다가서던
모든 눈부신 진실이
허물어져 내린다. 거짓으로 찢긴 채.
……그러나 나는 모른다
오늘의 언저리에서
내일의 언저리까지 어떻게 건너뛸지를.

즐거움 없는 나날은 그대의 것이 아니다

페르난두 페소아

즐거움 없는 나날은 그대의 것이 아니다
단지 견디는 것이었다. 즐겁지 아니하면
제아무리 산다 한들 사는 것이 아니다.

사랑하고, 마시고, 미소 짓는 것을 고민하지 말라.
그대가 만족한다면, 웅덩이 물에 비친
해의 잔영만으로도 충분하다.

사소한 것들에 주어진 기쁨을 위해
그 어떤 운명이든
하루도 거부하지 않는 이의 행복이여!

눈 덮인 숲의 고요 속에서

오시프 만델슈탐

눈 덮인 숲의 고요 속에서
너의 발걸음이 만드는 음악

느릿한 그림자처럼
너는 얼어붙은 하루로 내려왔지

밤처럼 깊은 겨울
술 장식처럼 매달린 눈

가지 위 까마귀는
오랫동안 많은 것을 보았지

높아지는 파도
다가오는 꿈

어리고 얇은 얼음을
단호히 깨뜨려버린다

고요 속에서 자라난
내 영혼의 얇은 얼음을

죽은 목가 牧歌

세사르 바예호

나의 달콤한 안데스의 리타는 뭐 하고 있을까
까만 눈동자에 늘씬한 몸매……
비잔티움이 나를 질식시키는 지금, 내 몸속의
피는 텁텁한 코냑처럼 졸고 있는데.

하얗게 펼쳐질 오후를 기도하는 자세로 다리미질하던
그녀의 손길은 어디 있을까
지금, 이 비는
내 삶의 욕망을 앗아가고 있는데.

어떻게 되었을까. 그녀의 플란넬 치마는,
그녀의 일들은, 그녀의 산보는,
그 오월의 사탕수수 맛은.

문 옆에서 구름을 바라보던
그녀는 으스스 떨며 이렇게 말하리라. "아이! 추워……."
그리고 지붕 위로 길들지 않는 새 한 마리 울고 있으리라.

별

에디트 쇠데르그란

밤이 오면
나는 계단에 서서 귀 기울인다.
마당에 별들이 모여들고
나는 어둠 속에 서 있다.
들었는가, 별 하나 쨍그랑 하고 떨어졌다!
맨발로 잔디밭에 나가지 마라.
우리 마당은 파편으로 가득하니.

황혼

에디트 쇠데르그란

나는 숲이 말하는 애처로운 이야기를

듣고 싶지 않다.

가문비나무들 사이에선 여전히 소곤거리는 소리 들린다.

나뭇잎 속에선 여전히 긴 한숨 소리 들린다.

흐릿한 나무 몸통 사이에서 긴 그림자가 스르르

길 위로 나온다. 우리를 마중 나올 사람은 없을 것이다.

장밋빛 황혼이 조용한 산울타리에 내려앉아 잠이 든다.

길이 천천히 나아가다가 슬며시 솟더니

동작을 멈추고 뒤돌아 저녁노을을 바라본다.

내 거대한 도시 속—밤이

마리나 츠베타예바

내 거대한 도시 속—밤이
잠든 집에서 나는 나오네—멀리
사람들은 생각하지, 아내를, 딸을—
나는 하나만 생각하네, 밤을.

칠월의 바람이 나를 떠미네—길로
어느 창문에선가 음악 소리가—가냘프고
아, 동트기 전 바람이—불고
얇은 가슴의 벽을 뚫고—가슴으로

검은 포플러 나무 섰네. 창문 안에는—불빛
탑에서는 종소리, 손에는—꽃
이 발걸음은 누구도—뒤따르지 않아
이 그림자는 내 것이—아냐

불빛들—금빛 구슬 달린 끈처럼 보이네
밤의 잎사귀를 입으로—맛보네
낮 시간의 근심에서 자유로우리
친구들이여, 알아주렴, 나는 너희에게—꿈이리니.

그렇게들 귀 기울이네*

마리나 츠베타예바

그렇게들 귀 기울이네(강 하구가 발원지에 귀 기울이듯)
그렇게들 한 송이 꽃향기를 맡네
깊이―감각이 사라질 때까지!

그렇게 쪽빛 공기 속에
바닥 없는 갈망이.
그렇게 쪽빛 침대보 속 아이들이
기억의 먼 곳을 바라보네.

그렇게 뜨거운 핏줄기를 느끼네
연꽃 같은 소년이.
……그렇게들 사랑에 빠지네,
심연으로 떨어져 내리듯.

---

* 이 작품은 「그렇게들 귀 기울이네」의 부분이다.

미완성의 시

블라디미르 마야콥스키

벌써 두 시, 너는 잠자리에 들었겠지
은하수가 은빛 오카 강*처럼 흐르는 밤
서둘러 전보를 치지는 않겠어
너를 깨워 괴롭힐 이유는 없으니
상황은 종료되었어
사랑의 조각배는 산산이 깨어졌으니
우리가 서로에게 준 상처와 슬픔, 모욕을
이제 와 되뇌고 헤아릴 필요 무엇일까
이토록 고요한 세상을 봐
별들로 하늘이 뒤덮인 밤
자리에서 일어나 시대에, 역사에, 세계에
말을 걸 시간.

---

* Oka. 러시아 볼가 강의 지류.

자유

폴 엘뤼아르

어린 시절 쓰던 노트에
내 책상과 나무 위에
모래 위에 눈 위에
나는 네 이름을 쓴다

내가 읽은 모든 페이지 위에
모든 백지 위에
돌과 피와 종이 혹은 재 위에
나는 네 이름을 쓴다

금빛 이미지들 위에
전사들의 무기 위에
왕들의 왕관 위에
나는 네 이름을 쓴다

정글과 사막 위에
둥지 위에 금작화 위에
내 어린 시절의 메아리 위에

나는 네 이름을 쓴다

밤의 경이로움 위에
하루의 하얀 빵 위에
약혼한 계절 위에
나는 네 이름을 쓴다

나의 쪽빛 누더기 위에
햇살이 곰팡이 슨 연못 위에
달빛 생생한 호수 위에
나는 네 이름을 쓴다

들판 위에 지평선 위에
새들의 날개 위에
그리고 그림자들의 제분기 위에
나는 네 이름을 쓴다

새벽의 입김 위에

바다 위에 배 위에
미쳐버린 산 위에
나는 네 이름을 쓴다

구름의 거품 위에
폭우의 땀방울 위에
굵고 밋밋한 빗방울 위에
나는 네 이름을 쓴다

반짝이는 형체들 위에
형형색색의 종 위에
물리적 진리 위에
나는 네 이름을 쓴다

잠 깬 오솔길 위에
펼쳐진 길 위에
넘치는 광장 위에
나는 네 이름을 쓴다

불 켜진 등잔 위에
불 꺼진 등잔 위에
한데 모인 내 가족들 위에
나는 네 이름을 쓴다

내 방과 거울 속
둘로 잘린 과일 위에
빈 껍질 같은 내 침대 위에
나는 네 이름을 쓴다

나의 사랑스러운 먹보 강아지 위에
녀석의 쫑긋 세운 귀 위에
서툰 발 위에
나는 네 이름을 쓴다

내 문의 발판 위에
친근한 사물들 위에

축복 받은 불의 물결 위에
나는 네 이름을 쓴다

허락된 모든 육체 위에
내 친구들의 이마 위에
내미는 모든 손 위에
나는 네 이름을 쓴다

깜짝 선물들이 가득한 진열창 위에
긴장한 입술 위에
침묵 상공에
나는 네 이름을 쓴다

파괴된 내 은신처 위에
무너진 내 등대 위에
내 권태의 담장 위에
나는 네 이름을 쓴다

욕망 없는 부재 위에
벌거벗은 고독 위에
죽음의 계단 위에
나는 네 이름을 쓴다

돌아온 건강 위에
사라진 위험 위에
기억 없는 희망 위에
나는 네 이름을 쓴다

그리고 한마디 말의 힘으로
나는 삶을 다시 시작한다
나는 태어났다 너를 알아보기 위해
너를 부르기 위해

자유여

잉글리시 호른

에우제니오 몬탈레

바람이 오늘 저녁 울창한 나무들을
악기 삼아 세차게 연주한다,
칼날이 서로 부딪히는 소리 같다
바람이 붉게 물든 지평선을 쓸어내고
음악 소리 울려 퍼지는 하늘에서 독수리들처럼
빛줄기가 퍼져나간다
(두둥실 떠가는 구름, 저 위 하늘의
새하얀 제왕들이여! 저 높은 엘도라도의
잠기지 않는 문들이여!)
흙빛 바다가 물결 비늘마다
색깔을 바꾸고
배배 꼬인 거품 나팔을
땅으로 던진다
천천히 땅거미 지는 시간
휙 일었다가 사라지는 바람이
오늘 저녁 잊고 있던 너도
악기 삼아 연주하는구나,
오 나의 마음이여.

불

비센테 알레익산드레

모든 불은 열정을
제지한다. 오로지 빛이다!
보라, 하늘을 핥을 때까지
얼마나 순수하게 타오르는지를,
그사이 모든 새들은
불을 향해 나는데. 껴안지 말라!
남자는? 절대로. 아직은
인간에게서 자유로운 너, 불이 있다.
빛은, 그 불에 있다.
빛이, 결백한 빛이 있다.
인간이여, 절대 태어나지 말라!

나무에 오르기

베르톨트 브레히트

저녁에 물에서 나오면
너희는 벌거벗었고 피부가 부드럽기에
그러니 산들바람 부는 커다란 나무 위로
올라가라. 하늘마저 흐릿하다.
저녁 어스름 속에서 너희는 우듬지를 천천히
흔들고 있는 큰 나무를 찾도록 해라
그리고 그 나무들 속에서 밤을 기다려라
앞에는 악몽과 박쥐뿐일 것이다.
덤불의 작고 거친 잎사귀는
가지 사이를 지날 때 몸을 받쳐줄
너희의 등을 할퀼 것이다. 신음하며 너희는
가지를 타고 더 높이 기어올라라.
나무에 올라앉아 흔들리는 건 정말 멋진 일!
하지만 무릎으로 흔들어선 절대로 안 되고
나무가 우듬지에 하듯 흔들려야 한다
수백 년 전부터 저녁이면 나무는 우듬지를 흔들고 있다.

벙어리 아이

페데리코 가르시아 로르카

그 아이가 자기 목소리를 찾는다.
(그 목소리는 귀뚜라미들의 왕에게 있었다네.)
그 아이가 물방울 속에서
자기 목소리를 찾고 있었다.

난 그걸로 말하려는 게 아냐.
그걸로 반지를 만들 거야.
내 침묵을
그 조그만 손가락에 끼울 거야.

그 아이가 물방울 속에서
자기 목소리를 찾고 있었다.

(사로잡힌 목소리가, 멀리서,
귀뚜라미 옷을 입고 있었다네.)

기타

페데리코 가르시아 로르카

기타의
통곡이 시작된다.
새벽의
컵들이 깨진다.
기타의
통곡이 시작된다.
그것을 멈추게 하는 것은
부질없는 짓이다.
그것을 멈추게 하는 것은
불가능하다.
물이 울듯
설원 위로
바람이 울듯
단조로운 음으로 운다.
그것을 멈추게 하는 것은
불가능하다.
기타는 아득한 일들이 그리워
운다.

하얀 동백을 간구하는
뜨거운 남쪽 사막.
과녁 없는 화살이
아침 없는 오후가
그리고 나뭇가지 위로
죽은 첫 새가 운다.
다섯 개의 칼에
치명상을 입은 심장,
오, 기타여!

공원

자크 프레베르

천 년 만 년으로도
부족하리라
별들 중 하나인 지구
지구 위
파리에서
파리의 몽수리 공원에서
어느 눈부신 겨울 아침
당신이 내게 입 맞추고
내가 당신에게 입 맞춘
그 짧은 영원의 순간을
말하려면.

호랑이들의 황금

호르헤 루이스 보르헤스

노란 일몰의 시간까지
나, 얼마나 바라다볼 것인가
철책 안에서
자신의 감옥에 대한 의심조차 없이
주어진 운명의 길을 서성이는
저 권능의 벵갈 호랑이를.
나중에 다른 호랑이들이 올 것인가
블레이크의 불 호랑이가.
그 뒤로 다른 황금들이 올 것인가
제우스였던 사랑스러운 금속이,
아홉 일 밤마다 아홉 개를, 아홉 개가 아홉 개를
낳는, 그리고 끝없이 낳는
반지가.
다른 아름다운 색들은 세월과 함께
나를 두고 떠났느니.
이제 나에게 남은 것은
공허한 빛과 착잡한 그림자
그리고 처음의 황금뿐이니.

신화와 서사의

오, 일몰이여, 오, 호랑이여, 오, 빛이여,

그 손을 갈망하던 그대의 머리카락이여,

오, 더없이 소중한 황금이여.

보일 듯 말 듯

살바토레 콰시모도

보일 듯 말 듯
지평선 갈래 길에서
마부가 누군가를 부르고
섬들 목소리에 대답한다.
나도 떠도는 발길을 멈추고,
세상은 주변에서 돌아가지만,
비 내리는 시간 야경꾼처럼
내 이야기를 읽는다. 비밀에는 행복한
여백, 전략, 가늠하기 어려운 매력이 있다.
내가 살아온 길, 내가 만난 풍경에는
잔인한 것도 웃음 나는 것도 있다,
내 인생은 문고리가 없다.
난 죽음을 준비하지 않는다.
난 사물의 이치를 안다.
종말은 내 어둠의 침입자가
스멀스멀 기어드는 표면이다.
난 어두운 그림자를 모른다.

이제 곧 저녁이다

살바토레 콰시모도

누구나 햇살에 찔린 채
대지의 심장 위에 홀로 서 있다.
이제 곧 저녁이다.

아이들에게 세상을 주자

나짐 히크메트

아이들에게 세상을 주자, 단 하루만이라도.
오색 풍선처럼 가지고 놀게 하자.
아이들은 별들과 더불어 놀며 노래 부르리니.
아이들에게 세상을 주자.
커다란 사과처럼, 따뜻한 빵처럼.
적어도 하루 동안은 맘껏 먹게 하자.
아이들에게 세상을 주자.
적어도 하루 동안은 세상이 우정을 배우게 하자.
아이들은 우리에게서 세상을 가져가
불멸의 나무들을 심으리니.

쌓인 눈

가네코 미스즈

위에 있는 눈
추우려나
차가운 달빛이 내려서

아래 있는 눈
무거우려나
몇백 명이나 신고 있어서

가운데 있는 눈
외로우려나
하늘도 땅도 보이지 않아서

고독

파블로 네루다

아직 일어나지 않았던 것은 돌발적이었기에
아무것도 모르는, 나를 알아보지 못하는
거기에, 나는 영원히 남았다.
마치 안락의자 밑처럼
마치 밤에 잃어버린 것처럼.
그게 아니었던 것이기에
나는 영원히 남았다.

나중에 다른 이들에게
여자들에게, 남자들에게 물었다.
무엇이 그렇게 자신 있었느냐고,
어떻게 삶을 배웠느냐고.
그들은 대답하지 않았다
그들은 춤을 추었고, 그렇게 살아갔다.

누군가에게 일어나지 않았던 것은
침묵을 의미하는 것이다.
나는 거기 남아 기다렸지만

더 말하고 싶지 않다.

그곳에서, 그날

나에게 무슨 일이 일어났는지 모르지만

이제 나는 똑같은 내가 아니다.

저마다의 하루가 저문다

파블로 네루다

저마다의 하루가 저문다
저마다의 밤 속으로
거기 명쾌함이 묻힌
웅덩이가 있다.

어둠의 웅덩이
그 언저리에 앉아
인내심으로
떨어진 빛을 낚는다.

칼새

르네 샤르

너무 큰 날개를 단 칼새, 집 주위를 맴돌며
기쁨을 외친다. 심장이란 그런 것.

천둥을 말린다. 청명한 하늘에 씨를 뿌린다.
땅에 닿으면 찢겨버린다.

제비로 분류되나, 친족을 싫어한다.
고불고불 처마가 무슨 소용일까?

그가 쉴 곳은 캄캄한 구멍. 그보다
더 옹색하게 사는 이가 없다.

햇빛 긴 여름, 그는 한밤의 차양을 가로질러
어둠 속을 날아갈 것이다.

그를 붙들 눈이 없다. 오직 울음으로 그는 여기
있다. 날렵한 총이 그를 쓰러뜨리리. 심장이란 그런 것.

나는 더 이상 밤을 모르노라

오디세우스 엘리티스

나는 더 이상 죽음처럼 건조한 끔찍스러운 익명의 밤을 모
르노라
별의 선단이 내 영혼 깊숙한 곳에 내려와 닻을 내린다
보초 서는 저녁별 헤스페로스가 어느 섬의
하늘빛 산들바람 옆에서 반짝이고, 그 섬은
그곳의 높은 바위에서 새벽을 선포하는 나를 꿈꾼다
내 진실한 마음의 별을 껴안은 나의 두 눈은
당신을 출항시킨다, 나는 더 이상 밤을 모르노라.

나는 더 이상 나를 거부하는 세상의 이름을 모르노라
나는 조가비와 잎사귀와 별들을 또렷이 읽는다
하늘의 길에 있어 나의 저항은 소용없다
나와 나의 허황한 꿈을
눈물 머금은 채 주시하지 않는다면
오, 헤스페로스여, 불멸의 바다를 건널 때
그 밤은 그저 밤일 뿐, 나는 더 이상 밤을 모르노라.

코린트의 태양을 마신다

오디세우스 엘리티스

코린트[*]의 태양을 마신다
대리석 유적을 읽는다
포도밭의 바다를 걷는다
작살로 신에게 바칠 물고기를 노리지만
물고기는 연신 빠져나간다
나는 태양의 찬가를 기억하는 잎사귀들을 발견했고
갈망이 기쁘게 펼쳐지는 살아 있는 땅을 발견했다.

물을 마시고 과일을 자른다
바람의 나뭇잎 안으로 손을 찔러 넣는다
레몬 나무가 여름의 꽃가루에 물을 댄다
초록 새가 내 꿈속을 날아다닌다
내가 떠날 때 한 광경이 흘깃 눈에 들어온다
내 눈에 머금은 세상이 다시 한 번
아름답게 창조되는 드넓은 광경이!

---

*   corinth. 고대 그리스의 상업, 예술의 중심지.

아이들의 노래

로널드 스튜어트 토머스

우린 우리만의 세계에서 살아.
아주 작은 세계여서
어른들은 허리를 굽히고도, 아니
네 발로 기어서도 들어올 수 없어.
영악한 어른들은
분석하는 눈으로
우리를 살피고 엿보지만,
재미있어 하는 표정으로
우리의 모든 얘기를 엿듣지만,
우리가 어디서 춤추고 어디서 노는지,
생명이 어디에서 아직 잠들어 있는지
제대로 알지 못해.
닫힌 꽃봉오리 속에,
또 오목한 둥지 안
먼 하늘 연푸른빛을 닮은
부드러운 새알 껍데기 속에
생명이 잠들어 있다는 걸 몰라.

가을날

로널드 스튜어트 토머스

이런 날은 얼마 남지 않았습니다.
바람 없는 날, 얼마 되지 않는
마지막 잎새들 나무의 어깨를 장식하고
가지 끝동을 황금으로 치장합니다.
잔디밭엔 새 한 마리.

잔디밭이 거울인 양 깃털 고릅니다.
나는 잠시 하던 일 멈추고 고개를 듭니다.
이 환한 풍경 마음으로 사진 찍어
긴긴 겨울날
추운 마음을 감싸겠습니다.

어느 시인의 비문

옥타비오 파스

그는 노래하고, 노래하고 싶었다
거짓들로 이루어진 자신의 진짜 삶을
망각하기 위해,
진실들로 이루어진 자신의 거짓스러운 삶을
기억하기 위해.

하루하루

필립 라킨

하루하루는 어디에 쓰는 걸까?
하루하루는 우리가 사는 곳이야.
끊임없이 와서
우리를 깨우지.
그 안에선 행복해야 하는 거야.
하루하루가 없다면 우린 어디서 살겠니?

아, 이 문제를 풀려면
사제와 의사가 있어야 해.
그들이 긴 옷 펄럭이며
들판을 달려온다.

밤의 여름*

이브 본푸아

오늘 밤, 별이 총총한 하늘은
넓어진 듯 가까이 다가오고
빼곡한 불들 너머 밤이
더 이상 어두워 보이지 않는다.

이파리들 층층이 반짝이고
초록과 무르익은 과실의 오렌지 빛 짙어져
천사의 등불 다가온다. 숨은 빛의
파닥임이 우주의 나무를 붙든다.

오늘 밤, 우리가 들어선 정원,
천사가 문을 닫은 것 같다
돌아가지 못하게.

———————————
*   이 작품은 「밤의 여름」의 부분이다.

과일이 있는 정물

에우헤니오 데 안드라데

1
딸기의 아침 혈관이
사랑을 위한 아마포의 순백을 취한다.

2
사과의 순수한 얼굴에
반짝임과 달콤함으로 가득한 아침이 머문다.

3
오렌지 속에 해와 달이
손을 맞잡고 잠들어 있다.

4
포도는 저마다 지난 여름날의
색깔과 이름을 기억한다.

5
석류, 그 불꽃 한복판에 깃든 정적을
나는 사랑한다.

목소리

즈비그니에프 헤르베르트

해변을 걷는다
부서지는 파도와 다른 파도 사이
그 목소리 들으려

하지만 목소리 없다
있는 거라곤 소금기 없는
노쇠한 물의 수다뿐
돌 위에 말라붙은
하얀 새의 깃털 하나뿐

숲을 걷는다
그곳엔 거대한 모래시계 소리 같은
쏴쏴 하는 소리 끊임없이 들리고
잎들은 썩어 부엽토 되고
부엽토는 잎으로 바뀌고
곤충의 억센 입
대지의 침묵을 먹는다

들판을 걷는다
곤충의 핀으로 납작하게 고정된
푸르고 노란 평평한 땅
바람이 스칠 때마다 노래 부른다

그 목소리 어디 있을까
대지의 끊임없는 독백
잠시 멈출 때
그 소리 크게 날 텐데

그러나 바스락거리는 소리와
커다랗게 울리는 손뼉 소리뿐
집에 돌아와
내 경험을
둘 가운데 하나의 형태로 파악한다
세상이 벙어리거나
내가 귀머거리거나

그러나 아마도
우리 둘 다
괴로움을 함께할 운명이리니

그러므로 우리는
새 지평선 향해,
알아들을 수 없는
꼬르륵 소리 나는
비좁은 목구멍 향해
팔짱 끼고 무작정 나아가야 하리

그전에

예후다 아미차이

문이 닫히기 전에,
마지막 질문이 주어지기 전에,
내가 곤두박질치기 전에.
정원에 잡초가 무성해지기 전에,
너그러운 용서가 끝나기 전에,
시멘트가 굳어버리기 전에,
피리의 모든 구멍이 막히기 전에,
물건이 벽장에 들어가 잠기기 전에,
법칙이 발견되기 전에.
결론이 나기 전에,
내민 손을 거두기 전에,
우리가 설 곳이 사라지기 전에.

삐걱대는 문

예후다 아미차이

삐걱대는 문
녀석은 어디로 가고 싶은 것일까?

녀석은 집에 돌아가고 싶어 해
그래서 삐걱대는 거지.

헌데 녀석은 이미 집에 있잖아!
하지만 녀석은 집 안으로 들어가고 싶어 해.

탁자가 되고 싶고
침대가 되고 싶고.

그물을 기우며

그웨시 브루

그들은 그물로 사면팔방에서 불어오는 바람을 낚아,
풍요로운 계절을 지닌 채 집으로 돌아간다.
그물을 깁는 무형의 손들은
망망대해의 낮과 밤을 어루만진다.

그물이 끊어지거나 떨어진 곳은
물고기들이 포식했던 세월들이다.
이곳은 바람을 잡는 함정이며,
그곳은 풍요의 관문이다.

때가 되었다, 쪽빛 하늘에서 수확할,
망망한 물과 하늘, 냇물이 흘러 검정 줄을 새긴 청어,
그들의 이마 주름엔 물고기의 그림자가 언뜻 나타난다.
지금 그들은 그물을 기울 때,
미풍은 야자나무를 가볍게 흔든다.

그들 아버지 세대의 영령은 야자나무에 깃들어 있고,
영령의 손가락이 그물실로 명상곡을 부드럽게 연주한다.

의미의 숲을 여행할 때 필요한 몇 가지 지침*

아도니스

무엇이 장미인가? 참수된 뒤 자라는 머리.

무엇이 먼지인가? 대지의 허파가 뿜어낸 탄식 일성.

무엇이 비인가? 먹구름의 열차에서 내린 마지막 승객.

무엇이 애탄 근심인가? 구김살과 주름살, 신경의 견직물 상의.

무엇이 시간인가? 우리가 입고 있는 옷, 다시는 벗어버릴 수 없는.

---

* 이 작품은 「의미의 숲을 여행할 때 필요한 몇 가지 지침」의 부분이다.

분별

울리안 파라 시아드

생화를 방불케 하는
꽃잎
어둠 속으로부터
탄생한
새벽 무렵의
시듦

네 취약한
날개
떨림
나의 텅 비어 광막한
해안
모래언덕의
모래알

온순한
고독 속에서
나는 기다린다

아침놀이 돌연

빛날 때를

1979년 3월부터

토마스 트란스트뢰메르

말과 함께 오는, 언어는 없고 말만 있는 사람들에 지쳐
나는 눈 덮인 섬에 간다.
황야는 말이 없다.
아무것도 쓰이지 않은 백지, 사방에 펼쳐져 있다!
우연히 눈밭에서 사슴 발자국 만난다.
말 없는 언어.

1966년 해빙기에 쓰다

토마스 트란스트뢰메르

으르렁 콸콸, 오랜 최면에서 깨어나 물이 흐른다.
강물은 폐차들이 쌓인 차의 무덤으로 흘러넘쳐
그 가면들 뒤에서 번쩍인다.
나는 다리의 난간을 꽉 붙든다.
다리: 죽음 너머로 날아가는 커다란 철鐵의 새

강

다니카와 슌타로

어머니
강물은 어째서 웃고 있어요
해님이 간질이기 때문이란다

어머니
강물은 어째서 노랠 불러요
종달새가 강의 목소리를 칭찬해서란다

어머니
강물은 어째서 차가워요
눈에게 사랑받았던 날들을 기억해서란다

어머니
강물은 몇 살이에요
언제까지나 젊은 봄이랑 동갑이란다

어머니
강물은 어째서 쉬지 않나요

그건 엄마인 바다가

강이 돌아오길 기다리고 있어서란다

하늘에 작은 새가 사라진 날

다니카와 슌타로

숲에 짐승들이 사라진 날
숲은 가만히 숨을 죽였다
숲에 짐승들이 사라진 날
사람들은 도로를 계속 만들었다

바다에 물고기들이 사라진 날
바다는 힘없이 출렁이며 신음했다
바다에 물고기들이 사라진 날
사람들은 항구를 계속 만들었다

거리에 아이들이 사라진 날
거리는 더욱 북적거렸다
거리에 아이들이 사라진 날
사람들은 공원을 계속 만들었다

사람들에게 자신이 사라진 날
사람들은 서로를 무척 닮아 있었다
사람들에게 자신이 사라진 날

사람들은 미래를 계속 믿었다

하늘에 작은 새들이 사라진 날
하늘은 조용히 눈물 흘렸다
하늘에 작은 새들이 사라진 날
사람들은 노래를 계속 불렀다

네가 다시 일기를 쓸 때—잭에게

잉그리드 존커

네가 다시 일기를 쓸 때
잊지 말고
여름 햇빛 속에서 빛나는
황금빛 잎사귀를 보렴.
혹은 우리가 테이블마운틴 산을
무심히 거닐 때 보았던
파란 석란을 다시 보거나.
내 피를 리스본의 저녁 해의 피와
섞은 나는
너를 거울처럼 데리고 다녔지.
나는 일기장의 첫 장에
너는 모르는 말인
나의 쓸쓸함에 대해 썼어.
네가 다시 일기를 쓸 때
잊지 말고
내 눈을 들여다봐. 그 눈 속에서
내가 항상 검은 나비로 가리고 다니는
영원히 가려진 태양을 봐줘.

눈

겐나디 아이기

인근에 내린 눈 때문에
창가의 꽃들이 낯설었다.

나를 향해 미소 짓는 이유는 단지
내가 단 한 번도
모르는 말들을 내뱉지 않았기 때문이었다.
내가 당신께 할 수 있는 말들은

의자, 눈, 속눈썹, 등불.

그리고 나의 두 손은
쉽게 멀어져 갔고,

창틀은
백지에서 잘려나간 것처럼,

그러나 거기, 그들 뒤편에,
가로등 기둥을 둘러싼 채,

눈이 선회한다
마치 우리들의 유년으로부터 왔다는 듯이.

그렇게 계속, 사람들이
지상의 네가 너에게 말하는 것을 기억할 때까지 선회한다.

그 하얀 눈꽃송이들―나는
정말 본 적이 있다,
나는 눈을 감고, 뜨지 않을 테지만,
하얀 불꽃송이들의 선회를,

그리고 나는
그들을 막을 방법이 없다.

우리가 망쳐버린 것들*

잉에르 크리스텐센

우리가 망쳐버린 것들은
우리가 생각했던 것보다 훨씬 많고
우리가 알고 있는 것보다 훨씬 많고
우리가 느끼는 것보다도 훨씬 많다

그냥
내버려두고, 그 위에
한마디 보태라, 하지만 그냥
내버려두고, 봐라
얼마나 쉬운지, 그것들이
자기들 주변 은신처를 찾아
바위 뒤에서: 봐라
이 얼마나 쉬운가, 그들이 살금살금
네 귓속으로 들어가
나지막한 소리로
죽어가는 모습을

---

* 이 작품은 「우리가 망쳐버린 것들」의 부분이다.

'잠'의 변주

마거릿 애트우드

당신이 잠든 모습을 보고 싶어요.
그런 일은 일어나지 않겠지요.
당신의 모습을 보고 싶어요,
잠든 당신 모습을. 나는 당신과
잠들고 싶고, 당신의 잠 속으로 들어가고 싶어요.
잠의 부드러운 검은 파도가
내 머리 위에서 넘실대도록.

젖은 해와 세 개의 달이 뜬,
청록색 이파리들이 몸을 떠는 투명한 숲 속을
당신과 함께 걷고 싶어요.
당신이 가야만 하는 동굴을 향해,
당신이 가장 두려워하는 것을 향해.

나는 당신에게 은빛 나뭇가지,
조그만 흰 꽃을 주고 싶고
당신 꿈의 한가운데 있는 근심,
그 근심의 한가운데로부터

당신을 지켜줄

한마디 말을 주고 싶어요.

나는 다시 당신을 따라

긴 계단을 오르고 싶어요. 그리고

당신을 태우고 돌아갈 배가 되고 싶어요.

오목한 두 팔에 담은

불꽃을, 조심스레

내 옆 당신의 몸이 있는 곳에 놓을래요.

당신은 숨을 들이마시듯 가뿐히

그 안으로 들어가세요.

나는 당신만이 잠시 깃들어 지내는

공기가 되고 싶어요.

남들 모르게 공기가 되고 싶어요,

꼭 필요한 공기가.

바람에 실려

밥 딜런

얼마나 많은 길을 걸어야
비로소 그를 인간이라 부를까?
얼마나 많은 바다를 건너야
흰 비둘기는 모래밭에서 쉴 수 있을까?
얼마나 많은 포탄이 더 날아다녀야
영원히 포탄이 금지될까?
친구여, 그 대답은 바람에 실려 있네,
바람에 실려 있다네.

얼마나 많은 세월이 흘러야
산은 바다로 씻겨 내려갈까?
얼마나 많은 세월이 지나야
사람들에게 자유가 허락될까?
사람은 얼마나 많이 고개를 돌리고
못 본 척 외면할 수 있을까?
친구여, 그 대답은 바람에 실려 있네,
바람에 실려 있다네.

얼마나 많이 위를 쳐다봐야
하늘을 볼 수 있을까?
얼마나 많이 귀 기울여야
사람들이 우는 소리를 들을 수 있을까?
얼마나 많은 사람이 죽어야
너무 많은 사람이 죽었다는 걸 알게 될까?
친구여, 그 대답은 바람에 실려 있네,
바람에 실려 있다네.

다른 이들을 생각하라

마흐무드 다르위시

네 아침을 준비할 때 다른 이들을 생각하라
비둘기의 모이를 잊지 마라.
네 전쟁을 수행할 때 다른 이들을 생각하라
행복을 추구하는 이들을 잊지 마라.
네 수도 요금을 낼 때 다른 이들을 생각하라
빗물 받아 먹고 사는 사람들을 잊지 마라.
네 집으로 돌아갈 때 다른 이들을 생각하라
수용소에서 지내는 사람들을 잊지 마라.
네 잠자리에 들어 별을 헤아릴 때 다른 이들을 생각하라
잠잘 곳이 없는 사람들을 잊지 마라.
네 자신을 은유적으로 표현할 때 다른 이들을 생각하라
말할 권리를 빼앗긴 사람들을 잊지 마라.
멀리 있는 다른 이들을 생각할 때 너 자신을 생각하라
말하라: "내가 어둠 속의 촛불이라면 좋으련만."

집으로

헨릭 노르드브란트

당신의 부모는
이미 다른 사람의
부모가 되었습니다
그리고 당신의 형제자매는 이웃이 되었지요.
또 이웃들은
이미 다른 이들의 이웃이 되었고
다른 사람은
다른 도시에 삽니다.
당신과 꼭 같이
그들은 또 다른 도시로 돌아가
당신을 찾지 못합니다
마치
당신이 그들을 찾지 못하는 것처럼.

미래의 역사

케빈 존 하트

미래에도 지금처럼
도시와 산이 있겠지.

늘 그래왔듯이
강철 군대가
버려진 광장을 행진하겠지.

밭이 있어 쟁기질도 하고,
바람이 나무를 흔들 때
도토리가 떨어지겠지.

아무 이유 없이
접시가 깨지겠지.

우리가 정말 알 수 있는 건 그것뿐.

미래는 지평선 너머에 있어서 우리는
그곳 사람들이 하는 말을 들을 수 없네.

그곳 사람들이 우리에게
자신들의 땅을 폭격하고 도시를 파괴하는 것을
멈추라고 소리 지른다 해도

미래에서 오는 외침은
도토리 떨어지는 소리처럼 들리겠지.

십이월 십구야

페이밍

깊은 밤 한 줄기 등불은
높은 산 흐르는 물과 같고,
내 밖에는 바다가 있다.
별들 가득한 하늘은 새들,
꽃, 물고기,
천상의 꿈이고,
바다는 밤의 거울.
사상思想은 아름다운 한 사람.
집이자,
해이고,
달이며,
등불이고,
화롯불,
화롯불은 벽의 나무 그림자
겨울밤의 소리.

깊은 밤 깊은 산속

펑즈

깊은 밤 깊은 산속
세차게 나리는 밤비 소리 듣는다.
십 리 밖 산촌 마을,
이십 리 밖의 저잣거리,

아직도 남아 있을까?
십 년 전의 산천,
이십 년 전 꾸었던 아스라한 꿈,
모두 빗속에 묻혀 있다.

사방이 이리도 좁아
마치 어머니 태 속에 돌아온 것 같아
깊은 밤 나는 빌었다

애절한 목소리로
"내 좁은 마음속에
커다란 우주를 다오!"

바람 끝에 실려 오는 소식

비엔즈린

초록색 옷을 입은 이가 익숙하게 초인종을 누르자
거주자의 마음이 울렸다.
황해를 헤엄쳐 온 물고기인가?
시베리아를 날아온 기러기인가?
"지도를 펼쳐 보게" 멀리서 온 이가 말했다.
그는 우리가 있는 곳을 가리켰다.
점선 근처 조그마한 까만 점.
만약 그 점이 황금색이었다면,
만약 내 의자가 태산 꼭대기였다면,
달밤, 네가 있는 곳이 어디인지 아는가
그곳은 분명 쓸쓸한 열차 역일 것이다.
그러나 나는 역사책을 마주하고 있다.
서편 석양 속 함양* 옛길을 바라보며
날쌘 말의 발굽 소리를 기다렸다.

---

* 咸陽. 중국 산시성 중앙부, 웨이수이 강의 북쪽 연안에 있는 도시.
전국시대 진나라의 도읍.

너의 이름

지쉔

세상에서 가장 가벼운 가장 가벼운 소리로
너의 이름을 살짝 불러본다 매일 밤 매일 밤.

너의 이름을 쓴다.
너의 이름을 그린다.
꿈속에서 본 것은 빛나는 너의 이름

해와 같고, 별과 같은 너의 이름.
등불 같은, 다이아몬드 같은 너의 이름.
찬연한 불꽃 같은, 번개 같은 너의 이름.
원시 삼림이 타오르는 것과 같은 너의 이름.

너의 이름을 새긴다!
너의 이름을 나무에 새긴다.
시들지 않는 생명의 나무에 너의 이름을 새긴다.
이것이 하늘을 찌를 듯 우뚝 솟아 소목이 될 때
아아 얼마나 좋은가 얼마나 좋은가
너의 이름도 커질 것이니.

커져라 너의 이름이여.

커져라 너의 이름이여.

그리하여 아주아주 살며시 살며시 너의 이름을 부른다.

기쁨

허치광

말해다오, 기쁨이 어떤 빛깔인지?
하얀 비둘기의 날개 같은가? 앵무새의 붉은 부리 같은가?
기쁨은 어떤 소리인가? 갈대 피리 소리 같은 것인가?
아니면 솔가지 소리가 졸졸 흐르는 물에 이르는 소리인가?

잡을 수 있는 것인가, 따뜻한 손처럼?
볼 수 있는 것인가, 맑고 어여쁜 눈동자처럼?
마음과 영혼을 살포시 떨리게 하고,
조용히 흐르는 눈물인가, 슬픈 상처처럼?

기쁨이란 어떻게 오는가? 어디서 오는가?
반딧불이처럼 몽롱한 수풀 어둠 속을 날아다니는가?
장미 꽃잎 향기처럼 흩어지는 것인가?
올 때 발소리가 들리는가?

기쁨에 대한 나의 마음은 소경의 눈,
하지만 그것은 사랑할 수 있는 것인가, 나의 근심처럼?

산과 바다

천진롱

서로 마주하여도 물리지 않는 것은 오로지 경정산뿐이라.
—이백

높이 난다
날개 없이
멀리 항해한다
돛 없이

작은 마당 밖
나이 든 홰나무 한 그루
밤낮없이 경정산을
마주한다

바다라도 있었다면
밤이고 낮이고
거친 파랑이
마음을 헤집었을 터인데

무형의 바다여
그것은 가이없고
새벽이나 황혼을 가리지 않고

깊고
푸르다

한결같은 바다여
한결같은 산이여
네게는 너만의 도도함이 있고
내게는 나만의 깊은 푸르름이 있다

물결

차이치쟈오

영원히 그치지 않을 듯한 움직임,
그것은 대자연이 그 모습을 드러내는 호흡,
모든 것이 너로 인해 살아 움직인다,
물결이여!

네가 없었다면, 하늘과 바다는 얼마나 단조로웠을까,
네가 없었다면, 바다의 길은 무섭도록 적막했을 것이다
너는 항해자의 가장 친밀한 동반자,
물결이여!

너는 배들을 돌보고, 돛을 환하게 비추며,
흩날리는 물보라는 네가 드러내는 새하얀 이빨
미소 지은 채 선원들을 동행하여
하늘 절벽 바다 구석을 돌아다닌다.

오늘, 나는 기쁜 마음으로 돌아본다
네가 거울처럼 부드러운 빛을 발하면
하늘엔 아름다운 노을이 하늘하늘 나풀거리고

그때 너의 호흡은 장미꽃의 미혹보다 부드럽다.

하지만, 왜, 사나운 바람이 몰아치면
너는 평정심을 잃고
엄준한 산봉우리들을 치켜세워
폭풍보다 더 사나워지는가?

재난을 혐오하기 때문인가?
권력을 증오하기 때문인가?
나의 용감하고 자유로운 마음이여
누가 감히 네 위에 군림하여 너를 다스리려 하겠느냐?

나 또한 포악한 윽박지름을 견뎌내지 못하고,
부정한 압제에 복종 또한 할 수 없으니
네가 얼마나 부러운지
물결이여!

물풀들에겐 속삭임으로

싹쓸바람엔 항쟁으로

우리 삶도 마땅히 이 같은 너의 충만한 음향을 배워야 한다

물—결—이여!

황금빛 볏단

쩡민

베어진 황금빛 볏단들이
가을 논 위에 서 있다
나는 피곤에 지친 어머니들을 수없이 떠올렸다
황혼의 길가에서 볼 수 있는 주름진 아름다운 얼굴
추수 때의 만월은
우뚝 솟은 나무 위에 걸리고
땅거미 내려앉아 먼 산은
우리의 마음을 에둘러
그 어떤 조각상도 이보다 고요한 침묵일 수 없다.
어깨에 위대한 피곤을 진, 그대들이여
널리 펼쳐진
가을 논밭에서 고개를 숙인 채 고요한 침묵을
깊게 생각하라. 고요한 침묵. 역사 또한
발아래 흘러가는 작은 강에 불과하니
그대들이여, 그곳에 서서
인류의 사상이 되어라.

구행九行

쪼우멍디에

바닥의 네 그림자는 활
너는 스스로 자신을 당긴다
한껏, 있는 힘껏.

매일 태양은 동쪽으로부터 떠돌아 내려앉고
알알이 황금빛으로 물든 가을은
바람에 그을린 너의 손에서 이룩된다.

어찌하여 천수천안千手千眼처럼 생겨나지 못했을까?
네게는 그저 많고 많은 가을이 있으니
떠돌아 내려앉는 무수한 자신을 기다리고 또 기다려야 할 뿐.

뿌리

니우한

나는 뿌리,
일생 동안 땅속에서
묵묵히 자라는,
아래로 아래로……
나는 땅속 한가운데 태양이 있을 거라 믿는다

나뭇가지 위 새들의 지저귐을 듣지 못하고,
부드러운 미풍을 느끼지 못하지만,
단연코
억울하거나 답답하지는 않다.

꽃 피는 계절,
나는 나뭇가지 잎새와 똑같이 행복하고
묵직한 열매는,
나의 가슴과 피 모두를 가득 채운다.

우산

야쉔

우산과 나
그리고 심장병
게다가 가을

나는 내 집을 떠받들고 길을 걷는다
비들이 조롱하듯
둥근 용마루에서 장난을 친다
부를 만한 노래도 없는데 말이다

가을인 데다
심장병까지 있으니
부를 만한 노래도 없다

청개구리 두 마리가
내 낡은 신발에 끼인 채
내가 걸을 때마다 노래를 한다

그것들이 노래를 해도

나는 부를 노래가 없다

나와 우산
그리고 심장병
게다가 가을
부를 만한 노래도 없는

그리움

위광중

어릴 적
그리움은 작디작은 우표 한 장
나는 여기 있고
어머니는 저쪽에 계시고

크고 나서
그리움은 가느다란 배표 한 장
나는 여기 있고
아내는 저쪽에

그 뒤
그리움은 낮디낮은 무덤
나는 밖에 있고
어머니는 안에 계시고

그리고 이제
그리움은 얕은 해협
나는 여기 있고
대륙은 저쪽에 있고

발로 하는 생각

샹친

발을 찾을 수 없어   땅에서는
천상에서는   머리를 찾을 수 없어
우리는 머리를 써서 걷고   우리는 발로 생각을 한다
무지개   쓰레기
는 허무의 다리   는 번잡한 명제
구름   함정
은 가물가물한 길   은 미리 설정한 결론
천상에서는   머리를 찾을 수 없어
발을 찾을 수 없어   길에서는
우리는 머리를 써서 걷고   우리는 발로 생각을 한다

한 떨기 향기로운 난

창야오

우리는 가슴 아픈 지난 일을 떠올리지 않기로 했다
그저 허투루 인사를 나누고. 향기로운 난이나 감상할 뿐.
그로 인해 남은 것은 모두 유적遺迹이다.
시간은 더 이상 꽃가루로 변하지 못한다.
불나비는 촛농에 불붙일 필요가 없다.
햇빛을 생각할 필요 없다.
여전히 굶주린 말이 요령을 울린다.
이 무렵
오로지 한 떨기 난의 푸르름만 끝이 없으니.
나머지는 모두 옛길이다.
나머지는 모두 고향이다.

네가 출발할 때

스즈

친구여, 친애하는 친구여
우리 이제 헤어져야만 하니
함께 노래 부르세
그대가 출발할 때

노래는 햇볕처럼 밝게 부르자
노래는 푸른 하늘처럼 자유롭게 부르자
노래는 넘실대는 바다를
항해하는 선두처럼 거침없이 부르자

감정의 끈들을 열어젖히고
어머니 같은 항구에 이별을 고하고
삶으로부터 구하고
운명에 구걸하지 마라

붉은 깃발은 돛이고
태양은 우리의 키잡이
내 말을 마음속에

영원히 기억하라

친구여, 친애하는 친구여
우리 이제 헤어져야만 하니
함께 노래 부르세
그대가 출발할 때

네 시 공 팔 분의 북경

스즈

네 시 공 팔 분의 북경
손들이 이루는 물결이 출렁이는 한 편의 장관
네 시 공 팔 분의 북경
날카로운 기적 소리가 길게 울려 퍼진다

북경 역의 거대한 건축물은
갑자기 격렬하게 흔들리고
나는 놀라 창밖을 바라봤다
무슨 일이 벌어졌는지 알 수 없었다

내 가슴은 급작스럽게 아파왔다, 분명히
단추를 달던 어머니의 바늘과 실이 내 가슴을 관통한 것
이다
이때, 내 마음은 바람에 날리는 연이 되고
연에 연결된 실은 어머니의 손에 쥐여 있다

실이 너무 팽팽히 당겨져서 금방이라도 끊어질 것 같았다
어쩔 수 없이 나는 차창 밖으로 머리를 내밀 수밖에 없었다

그때, 바로 그 순간
무슨 일이 벌어졌는지 알 수 있었다

―끊이지 않는 헤어짐의 함성
역 전체를 휩쓸었다
북경은 내 발아래에서
이미 천천히 움직이고 있었다

내가 재차 북경을 향해 손을 흔들며
그녀의 옷깃을 붙들고 싶었다
그리고 그녀에게 다정하고도 뜨겁게 외치고 싶었다
영원히 나를 기억해줘요, 어머니, 북경이여

끝내 뭔가를 잡았다
누구의 손이든 놓을 수가 없었다
그것은 나의 북경이었고
내게는 최후의 북경이기 때문이었다

안녕하신가, 슬픔이여

이천

창문이 황금빛 눈동자를 크게 열어젖히면
안녕하신가, 슬픔이여
또 그곳에서 나를 지켜주는
안녕하신가, 슬픔이여
이렇게, 그저 그런 듯 오랫동안
안녕하신가, 슬픔이여
하지만 너는 그녀를 얼마나 닮았는지
내가 눈을 감았을 때
안녕하신가, 슬픔이여

도시 풍경

예쓰

도시에는 늘 네온 불빛이 있고
그곳에는 은밀한 정보가 오간다
다만 당신이 마스크를 한 채
말을 하는지 알아들을 수 없는 것이 아쉬울 뿐

각기 다른 지방에서 온 과일들
다들 자기 얘기만 지껄이고
쇼윈도에는 최신 상품들이 진열되어 있어
혁명의 아이들과 새로운 스타일의 신발은 서로 운율이 잘
맞아떨어진다

나는 자네 식당에서
오랫동안 보지 못했던 친구와 마주쳐
짠지와 물에 만 밥 사이에서
한 잔의 차로 일생의 시간을 마셔버렸다

아직도 은화가 많지 않은가
상점에는 사가지고 갈 물신物神들이 넘치는데

그녀는 전생의 립스틱을 추억하고
그는 저잣거리의 회녹색을 좋아한다

내게 노래 한 소절만 불러다오
깊은 밤 길모퉁이
우리는 벅찬 가슴으로 어제와 부딪히지만
어쩐 일인지 오늘을 떠올리지는 못한다

한 다발

베이다오

나와 세상 사이에
너는 만灣이고, 돛이다
밧줄의 튼튼한 양 끝이고
솟구치는 분수이자 바람,
유년의 해맑은 외침이다

나와 세상 사이에
너는 액자, 창문이고
들꽃 만발한 전원이다
너는 호흡이자 침대 머리맡이고
별들과 함께 밤이다

나와 세상 사이에
너는 달력이고 나침반이다
어둠 속 활주하는 빛이고
이력이자 책갈피
마지막으로 쓰는 서문이다

나와 세상 사이에
너는 사막이고, 안개
꿈속을 비추는 등잔이다
너는 단피리, 무언의 노래
석조물石彫物에 드리운 눈꺼풀

나와 세상 사이에
너는 경계선이고, 늪이다
점점 가라앉는 심연
너는 울타리이자 담장
방패에 새겨진 영원한 문양

나는 바람

망커

1
북방의 숲에
낙엽이 날린다.

들어봐, 모두 아이들이다,
그곳 도처에 모두 아이들이다.

줄달음질치는 아이들,
어머니에게 기쁨을 가져다주는 아이들.

봐, 마차야,
보라니까,
햇빛과 작물로 가득한 들판을!

아, 북방의 숲에
낙엽이 날린다.
여기 올 때마다 너와 몰래 만났지,
내 말을 들어줘

나는 바람이야!

2
들판에서 노동하는 아이들같이
나는 하늘을 너무나도 사랑한다.
눈부신 태양이 나타날 때—
그것은 어머니가 눈을 뜨신 거란다.

들판에서 노동하는 아이들같이
나는 하늘을 너무나도 뜨겁게 사랑한다,
어머니를 뜨겁게 사랑한다!

아, 북방의 숲이여,
아쉬워 아쉬워 떠날 수 없네.
하지만 어머니가 부르시면,
그녀와 함께 가서 수확을 할 것이다.

3
길은 멀리로 나부끼고
고개를 들어보면
고적한 두건 아래로 눈길이 스쳐 지나간다.

낙엽은 흩날리고
귀 기울이면 들린다
낙엽이 전하는 이별의 소란이.

아, 북방의 숲이여,
나의 아름다운 사랑이여.
지나간 바람이
너를 위해 노래한다!

태양에 바침

뚜어뚜어

우리에게 가정을, 우리에게 격언을
그대는 모든 아이들을 아버지의 어깨에 태우게 하라
우리에게 광명을, 우리에게 수치를
그대는 개와 시인들 뒤를 떠돌라

우리에게 시간을, 우리에게 노동을
그대는 깜깜한 밤에 우리의 희망을 벤 채 긴 잠을 잔다
우리에게 세례를, 우리에게 신앙을
우리는 그대의 축복 속에 태어나고 죽어간다

평화로운 꿈속의 광경과 미소 짓는 얼굴을 살피는
그대는 하느님의 대신大臣
인간의 탐욕과 질투를 몰수하는
그대는 영혼의 군왕

명예를 사랑하고, 우리의 용기를 북돋고
모든 이의 머리를 쓰다듬어주며 평범을 존중하는
동쪽으로부터 떠올라 그대는 창조한다

그대는 자유롭지 못하다, 세상에 통용되는 한 푼의 돈처럼!

참나무에게

슈팅

내가 만약 당신을 사랑한다면—
절대 타고 기어오르는 능소화처럼
당신의 높은 가지를 빌려 스스로를 빛나게 하려들지 않을
거예요
내가 만약 당신을 사랑한다면—
절대 사랑에 빠진 새처럼
푸르른 자연을 단조로운 노래로 반복하지 않을 거예요
샘물에 그치지 않고
언제나 시원한 위로를 전해줄 것이고
날카로운 봉우리에 그치지 않고
당신의 고도가 높아질 때마다 당신의 위엄을 돋보이게 하
겠어요.
심지어 햇빛이라도.
심지어 봄비라도.
아니에요, 이 모든 것들로도 부족해요!
반드시 당신 옆 목화나무 한 그루가 되어
나무의 모습으로 함께 서 있겠어요.
뿌리는 땅속을 움켜쥐고

이파리는 구름 속에서 부대껴요.

바람이 일 때마다

서로 안부를 전하지만,

우리의 말을 이해하는 이

아무도 없어요.

당신에게는 칼과 같은 검과 같은,

창과 같은

굳건한 줄기와 가지가 있고,

내게는 깊은 탄식과 같은

때로는 용감한 횃불과 같은

붉고 견고한 꽃봉오리가 있어요.

우리는 추위와 광풍, 우레, 벼락을 이겨내고,

안개와 아지랑이, 무지개를 함께 나눠요.

영원토록 헤어질 것 같으나

평생 서로 의지하는.

이야말로 위대한 사랑이며

바로 여기에 지조가 있는 것.

사랑합니다—

장대한 당신의 체구뿐만이 아니라

당신 발아래 지키고 선 땅 역시 사랑합니다.

돌려주세요

이엔리

자물쇠를 잠가본 적이 없는 그 문을 돌려주세요
설령 방이 없더라도 돌려주세요
새벽에 나를 깨우던 그 수탉을 돌려주세요
설령 이미 잡아먹었다면 그 뼈라도 돌려주세요
산비탈에 울리던 목동들의 노래를 돌려주세요
설령 당신이 이미 테이프에 녹음했더라도 돌려주세요
돌려주세요
       나와 내 형제자매와의 관계를
설령 반년만 남았더라도 돌려주세요
사랑할 수 있는 공간을 돌려주세요
설령 당신에게는 낡아버린 것이더라도 돌려주세요
지구 전부를 돌려주세요
당신에 의해 이미 나뉘어버렸더라도
       일천 개의 나라
          일억 개의 마을
            이라도 돌려주세요!

나는 제멋대로인 아이다

구청

나는 대지에 창문을 가득 그려
어둠에 익숙해진 눈에 빛이 익숙해지게 하고 싶다.

아무래도
어머니는 나를 응석받이로 키웠나 보다
내가 제멋대로인 걸 보면

나는
매 순간 바란다
컬러 크레용처럼 아름답길
나는
아끼는 백지에 서툰
자유를 그리고 싶다
영원히 눈물 흘리지 않을
눈을 그리고 싶다
하늘을
하늘에 속한 깃털과 나뭇잎을
연둣빛 저녁과 사과를

나는 새벽을 그리고 싶다

이슬만이 볼 수 있는 미소를 그리고 싶다
모든 가장 젊은
아픔 없는 사랑을
상상 속
나의 아내를
그녀는 먹구름을 본 적이 없고
그녀의 눈동자는 맑은 하늘 같은데
영원히 나만 바라보고
영원히, 바라보고
절대 고개를 떨구지 않을 듯한

나는 머나먼 풍경을 그리고 싶다
또렷한 지평선과 물결을
수없이 많은 즐거운 시냇물들을
언덕을―
솜털로 가득한
나는 그것들을 아주 촘촘히 그려
서로 사랑하도록 그릴 테다

묵인할 때마다
잔잔한 봄날이 약동할 때마다
모두 한 떨기 작은 꽃들의 생일이 되도록

그리고 미래를 그리고 싶다
그녀를 보진 못했고, 볼 수도 없지만
그녀가 아주 아름답다는 건 안다
나는 그녀의 가을날 코트를 그리고
다 타버린 촛불과 단풍잎들을
그녀를 사랑함으로 인해
소멸하는 마음을
결혼을
아침에 깨어난 명절 하나하나를 그리고
위에는 투명 사탕 포장지와
북방의 동화 삽화를 붙이겠다

나는 제멋대로인 아이다
일체의 불행을 지워 없애고

대지 위에

창문을 빼곡히 그리고 싶다

어둠에 익숙해진 모든 눈들에게

빛을 익숙하게 하고

바람을 그리고 싶다

점차 높아지는 산봉우리들을

동방민족의 갈망을

넓은 바다를 그리고 싶다—

끝없이 넓고 유쾌한 목소리를 그리고 싶다

마지막으로, 종이 구석에

나 자신을 그리고 싶다

코알라 한 마리를

빅토리아 짙은 밀림 속에 앉아 있는

고요한 나뭇가지 위에 앉아 있는

멍한 채로

집 없이

먼 곳에 남겨둔 마음도 없이

그저 많고 많은
꽈리 같은 꿈과
크기만 한 눈망울이 있을 뿐

나는 바라고
또 생각하지만
왜인지는 모르는
크레용을 받아본 적도 없고
채색의 시간을 가져본 적도 없어
나는 그저 나일 뿐
나의 손가락과 상처로 인한 고통
갈기갈기 찢긴
애지중지하는 백지뿐
그들로 하여금 나비를 찾게 하고
그들로 하여금 오늘로부터 사라지게 하네

나는 아이다
환상과 어머니가 응석받이로 키운 아이
제멋대로인

정적

오우양장허

겨울 참나무 아래에 선 채 나는 노래를 멈췄다
참나무가 가린 하늘은 큰 눈이 밤새 내리다가
새벽에 멈춘 것 같았다
언젠가 불렀던 노래의 흑마는 돌아오지 않고
흑마의 눈은 칠흑 같았지만
흑마의 눈 속 광활한 초원은 눈물로 가득했다
칠흑 같은 세월은 막바지에 달했으나
광풍은 흑마를 하늘로 날려보냈고
광풍은 백골을 열매로 붙어넣었다
광풍 속 참나무는 뿌리마저 뽑힐 지경이다

어떤 어둠

한동

나는 숲 속의 어둠에 주목했다

뭔가 다른 어둠

광장과도 같은 어둠은 숲 속에선

네 사람이 각기 다른 방향으로 가는 것이 만들어낸 어둠

나무 사이의 어둠은 나무 내부 때문은 아니다

위로 솟구쳐 하늘 전체로 퍼져나가는 어둠

땅속 암석처럼 서로를 가리지 않는 어둠이 아닌

천 리 밖 불빛으로 하여금 공평히 퍼지게 하여

최저한도로 희미하게 만드는 어둠

일만 그루의 나무를 지나 굴곡져도 사라지지 않는 어둠

어떤 어둠은 어느 때에도 우리들의 진입을 허락지 않는다

만약 당신이 한 손으로 휘저어도 그것은 바로

거대한 유리잔 속의 어둠일 뿐

내가 그곳에 거하지 않아도 알아차리게 되는 숲 속의 어둠

연말

루이민

이날을 기억하고
그다음 날을 기다린다
연말이면
나 자신이 시간의 숲 속을 드나들고 있었음을 발견하게 된다

나는 슬픔의 산 정상에 서 있는데
그러면 안 된다는 듯
짧고 가는 비 내리는 계절이 홀연히 날아와 숨을 쉬고
한 마리 새는
차분하고도 즐겁게
세속의 영지를 날아오른다

일생 중 내 피할 수 없는 어려움은
고독한 등불 하나 밝히는 것이고
마음속의 그 글들을 비추는 일이다

거울 속

장자오

일생 후회할 일을 떠올리기만 하면
매화꽃이 떨어진다
가령 그녀가 강 저편으로 헤엄쳐 가는 걸 보거나
가령 소나무 사다리를 오르거나
위험한 일은 아름답지만
그녀가 말을 타고 돌아오는 것만 못하다
뺨은 따뜻하고
부끄럽다. 고개를 숙이고 황제에게 대답한다
거울은 영원히 그녀를 기다리고
그녀가 늘 앉던 자리에 앉게 한다
창밖을 보며, 일생 후회할 일을 떠올리기만 하면
매화꽃이 남산 가득 떨어진다

삼원색

처치엔즈

나, 백지 위에
백지—아무것도 없는
크레용 세 개로
하나로 한 줄씩
세 줄을 그린다

자가 없으니
선은 삐뚤빼뚤

어른들은 말하지(아주 크다)
빨강 노랑 파랑
삼원색이라고
직선 세 줄
세 갈래 길의 상징이라고 한다

—나는 이해할 수가 없다
(무슨 소릴 하는 거야?)
그리고 자신이 좋아하는 대로

동그라미 세 개를 그린다

나는 제일 동그랗게 동그랗게 그리련다

물을 마신다

시환

시원한 가을날 밤에 물을 마신다
마시고 싶어서가 아니라 마실 수 있어서 마신다
시원한 물 한 잔
온몸, 모든 나에게 흘러 퍼진다
마치 물이 대지에 흘러 퍼지는 것처럼

한 잔의 물은 일종의 부름 같다
얼마나 요원하고 머나먼지
태양계 가장 어두운 별
이 선선한 가을날 밤에
시원한 물 한 잔은 나를 목마르게 한다

오랫동안 나는 받는 것에 익숙했다
삶이 지나치게 풍요로워진 탓에
때로는 바닷물인 양 마시지 못했다
하지만 이런 시원한 가을날 밤엔
나는 진흙, 모래, 다이아몬드 그리고 별이라도 마실 수 있다

물통에 고개 숙인 말이 머리를
수면에 멈춰 선 채, 연못에 잠기려는 작은 새가
물에 빨려 들어가는 것처럼
나는 그들처럼 물을 마신다
나는 이 진부한 행위를 반복한다

수억 년의 시간을 되돌아보면
폭풍이 끊인 적이 없었고
평온은 훨씬 더 심각하다
이 물처럼, 내가 마시는 것은 영구불변하다―
물은 생명이며, 지혜다

바다를 마주하고 따뜻한 봄날에 꽃이 피네

하이즈

내일부터는 행복한 사람이 되겠습니다
말에게 먹이를 주거나 장작을 패거나 세상을 돌아다니겠
습니다
내일부터는 양식과 채소에 관심을 기울이겠습니다
바다가 보이는 집, 따듯한 봄날 꽃이 핍니다

내일부터는 모든 친척들에게 편지를 쓰겠습니다
그들에게 나의 행복을 알리고
그 행복의 번뜩임이 내게 알려준 것들을
모든 이에게 알리겠습니다

모든 강줄기 모든 산봉우리들에게 이름을 지어주고
낯선 이들의 축복도 빌겠습니다
당신의 앞날이 찬란하길 바라고
당신에게 사랑하는 이가 있다면 부부가 되길 바라며
당신이 이 티끌세상에서 행복하길 바랍니다
나는 그저 따듯한 꽃 피는 봄날 바다를 마주하길 바랍니다

베이다오가 시를 주는
그 마음에 대하여

영화 〈그래비티〉에서 신주神舟가, 〈마션〉에서 태양신太陽神이 지구 귀환선으로 이용되는 장면을 보며 중국의 위상 변화를 실감했다. 그러면서도 대륙발 천민자본주의의 끝장판 소식들을 접할 때마다 마오쩌둥이 이끄는 홍군이 대륙을 평정하여 사회주의를 선포하고 인간끼리의 평등을 최고 가치로 삼았던 역사적 사실이 과연 실재하긴 했었나 하는 의구심마저 드는 이즈음. 매년 노벨문학상 후보로 거론되는 등 중국 현대문학을 대표하는 시인 베이다오가 직접 101편의 시를 가려 뽑은 이 책(원제는 '아이들에게 주는 시')은 가슴을 먹먹하게 한다. 영국의 시인 윌리엄 블레이크로 시작해서 톈안먼天安門 사건이 터지기 직전 극심한 정신분열 끝에 철로에 몸을 뉘어 자살한 중국의 영원한 청년시인 하이즈로 끝을 맺는, 이 시선집은 어쩔 수 없이 날로 비상하는 중국의 현재보다는 짐짓

외면하는 그들의 과거를 떠올리게 한다.

　문화대혁명에 자신들의 청춘을 고스란히 바친 후 돌아온 사회는 곧바로 개혁개방이라는 급변이 기다리고 있었다. 그들은 혼란스러울 수밖에 없었던 자신들의 정서가 그대로 표출된 이른바 '몽롱시朦朧詩'들을 발표하며 등장한다. 이전까지의 시들과 다르다는 면에서 명명된 이름이지만 우리의 눈으로 보자면 중화인민공화국 성립 이래 재등장한 '모던시'인 셈이다. 그들에게 과거는 '어째서 이런 일이 벌어졌을까?'였고, 중국 특색의 사회주의건 시장경제건 현실은 미친 현실일 뿐이었을 것이다. 그러다가 톈안먼 사건을 맞았고, 세계를 주유하던 베이다오는 시위 지도부를 지지하는 성명을 발표하는 등의 활동을 하다 중국 당국의 압력을 받자 미국으로 망명하게 된다. 그 후로 시인은 계속 세계를 떠돌다 현재는 홍콩에 머물며 중문대학의 교수로 있다.

　'아이들에게 주는 시'라……. 오로지 마오쩌둥 어록만을 외우던 자신들의 세대가 견뎌냈던 정신적, 문화적 공황을 후대는 겪지 않았으면 하는 바람일 테다. 우리는 우리의 아이들에게 무엇을 남겨주었던가? 상처를 입고 아픔을 겪었던 어른들의 공통점은 아이들만은 그 질곡으로부터 구해내고 싶은 마음이 간절하다는 것이다. 역사 국정화 교과서를 들이미는 이 나라에 사는 느낌이 참담한 가운데 시인의 마음이 이심전심으로 전해온다.

2015년 최용만

가네코 미스즈 金子みすゞ

일본의 시인(1903~1930). 스무 살 때 〈동요〉〈부인구락부〉 등의 잡지를 통해 동요 시인으로 등단했다. 시인으로서 활발하게 활약하다 남편과의 불화로 스물여섯 살에 자살했다.

쌓인 눈 積もった雪 권남희 옮김

겐나디 아이기 Gennady Aygi

러시아 추바시 자치공화국의 시인이자 번역가(1934~2006). 러시아 내의 자치공화국에서 태어나 작품 활동을 했으며 '인민의 시인'으로 불린다.

눈 Снег, 雪 최용만 옮김

구청 顾城

중국의 시인(1956~1993). '몽롱시朦朧詩'파 시인으로 뉴질랜드에 정착해 살던 중 부인을 도끼로 상해한 뒤 목을 매 자살했다. 부인도 남편을 따라 자살했다. 저서로는 『검은 눈』 등이 있고, 시인 사후 『구청 시전집』이 출판되었다.

나는 제멋대로인 아이다 我是一个任性的孩子 최용만 옮김

그웨시 브루 Kwesi Brew

가나의 시인이자 외교관(1928~2007). 아프리카 시인으로서의 정체성을 중시하며 아프리카의 리듬이 명쾌한 작품 세계를 지녔다. 1968년 시집 『웃는 모습』을 출간했다.

그물을 기우며 Mending Those Nets, 补网 최용만 옮김

기욤 아폴리네르 Guillaume Apollinaire

프랑스의 소설가이자 시인(1880~1918). 전위예술의 기수로서 초현실주의의 길을 열었다. 시집 『칼리그람』, 소설집 『이단 교조 주식회사』 등이 있다.

미라보 다리 Le Pont Mirabeau　백선희 옮김

나짐 히크메트 Nāzim Hikmet

터키의 시인이자 극작가(1902~1963). 모스크바 유학 시절 마야콥스키의 영향을 받았고 귀국 후 공산당에 입당하였다. 대표작으로 시 「죽은 계집아이」, 희곡 「다모클레스의 칼」 등이 있다.

아이들에게 세상을 주자 Dünyayl verelim çocuklara, Let's Give the World to the Children　서창렬 옮김

니우한 牛漢

중국의 시인(1923~2013). 본명은 스청한史承漢, 나중에 스청한史成漢으로 개명. '칠월파七月派'의 대표 작가다. 시집 『사랑과 노래』 『온천』 『침묵의 절벽』 등이 있다.

뿌리 根　최용만 옮김

다니카와 슌타로 谷川俊太郎

일본의 시인(1931~　). 시집 『20억 광년의 고독』을 출간해 높은 평가를 받았다. 이후 시작 외에 그림책, 산문, 번역, 각본, 작사 등 폭넓게 작품을 발표하고 있다. 시집 『말놀이 노래』 『귀를 기울이다』 『정의定義』 등이 있다.

강 川 / **하늘에 작은 새가 사라진 날** 空に小鳥がいなくなった日　권남희 옮김

뚜어뚜어 多多

중국의 시인(1951~). 본명은 리스정栗世征, '몽롱시朦朧詩'과 대표 시인으로 한때 네덜란드에 거주했다. 시집 『바람의 도시에서』 『백마집』 『길』 등이 있다.

태양에 바침 致太阳 최용만 옮김

라빈드라나트 타고르 Rabīndranāth Tagore

인도의 시인이자 사상가(1861~1941). 인도의 근대화를 촉진하고 동서 문화를 융합하는 데 힘썼다. 시집 『기탄잘리Gitāñjalī』로 1913년 노벨문학상을 받았다.

나는 어머니를 기억하지 못하지만 I Cannot Remember My Mother 서창렬 옮김

라이너 마리아 릴케 Rainer Maria Rilke

보헤미아 태생의 독일 시인(1875~1926). 근대 언어예술의 거장으로, 인간 존재를 추구하는 독자적 경지를 개척하였다. 시집 『형상 시집』 『두이노의 비가』, 소설 『말테의 수기』 등이 있다.

가을날 Herbsttag / **엄숙한 시간** Ernste Stunde 박광자 옮김

로널드 스튜어트 토머스 Ronald Stuart Thomas

영국의 시인(1913~2000). 웨일스의 시인으로서 민족주의와 영성을 주로 다루었다.

아이들의 노래 Children's Song / **가을날** A Day in Autumn 서창렬 옮김

로버트 번스 Robert Burns

영국의 시인(1759~1796). 스코틀랜드 방언을 사용하여 농민들의 소박하고

순수한 감정을 표현하였다. 대표작으로 시 「지나간 시절」 「붉고 붉은 장미」 등이 있다.

지나간 시절 Auld Lang Syne　서창렬 옮김

로버트 프로스트 Robert Frost

미국의 시인(1874~1963). 쉬운 문체로 인간과 자연의 냉엄한 대립을 읊어 많은 사랑을 받았다. 시집 『보스턴의 북쪽』 『중인의 나무』 등이 있다.

가지 않은 길 The Road Not Taken / **해빙의 바람에게** To the Thawing Wind
서창렬 옮김

루이민 陆忆敏

중국의 시인(1962~). 한동과 더불어 '제삼세대第三世代' 시파로, 20세기 후반 20여 년간 현대 중국어로 쓰인 시 가운데 가장 높은 평가를 받는 여성 시인이다. 대표작으로 시 「미국여성잡지」 「연말」 「모래성」 등이 있다.

연말 年终　최용만 옮김

르네 샤르 René Char

프랑스의 시인(1907~1988). 시집 『임자 없는 망치』 『아르틴』 등이 있다.

칼새 Le martinet　백선희 옮김

마거릿 애트우드 Margaret Atwood

캐나다의 작가(1939~). 여성주의 작가로서 많은 소설과 시, 동화, 논픽션, 평론을 발표하며 왕성하게 활동하고 있다. 대표작으로 소설 『시녀 이야기』 『블라인드 어쌔신』 등이 있으며 맨부커상, 총독상 등을 받았다.

'잠'의 변주 Variation on the Word Sleep　서창렬 옮김

마리나 츠베타예바 Marina Tsvetaeva

러시아의 시인(1892~1941). 상징주의 시인으로 등단 후 작품 활동을 하다 프라하로 망명하였다. 시집『저녁의 앨범』『백조의 진영』등이 있다.

내 거대한 도시 속— 밤이 B огромном городе моем-ночь / **그렇게들 귀 기울이네** Так вслушиваются… 이상원 옮김

마흐무드 다르위시 Mahmoud Darwish

팔레스타인의 시인(1941~2008). 레바논에서 팔레스타인해방기구에 가담, 파리와 튀니지를 오가며 활동했다. 단순하고 일상적인 언어로 고향을 잃은 팔레스타인 민족의 아픔을 대변하는 시를 썼다.

다른 이들을 생각하라 فكر بغيرك, Think of Others 서창렬 옮김

망커 芒克

중국의 시인(1950~). 본명은 쟝스웨이姜世伟, '몽롱시朦朧詩'파 대표 시인으로 베이다오와 함께 시 잡지 〈오늘今天〉을 발간했다. 시집『심사心事』『햇빛 속의 해바라기』『오늘이 언제인가』등이 있다.

나는 바람 我是风 최용만 옮김

미하일 레르몬토프 Mikhail Lermontov

러시아의 시인이자 소설가(1814~1841). 러시아 문학 발달에 기여했으며 비판적 리얼리즘의 작품을 썼다. 서사시「상인 칼라시니코프의 노래」「악마」, 장편소설『우리 시대의 영웅』등이 있다.

돛단배 Парус 이상원 옮김

밥 딜런 Bob Dylan

미국의 시인이자 가수(1941~). 포크송 운동에 뛰어들어 공민권운동에서
널리 불리면서 이 운동의 상징적 존재가 되었다. 대표곡으로 〈Knocking
On Heaven's Door〉〈Like A Rolling Stone〉 등이 있다.

바람에 실려 Blowing in the Wind 서창렬 옮김

베르톨트 브레히트 Bertolt Brecht

독일의 극작가이자 시인(1898~1956). 1922년 희곡 「밤의 북」으로 클라이
스트상을 받았고 「서푼짜리 오페라」로 세계적인 명성을 떨쳤다. 독자적 연
극론과 그 실천 운동을 주창하였다. 시집 『가정 설교집』 등이 있다.

나무에 오르기 Vom Klettern in Bäumen 박광자 옮김

베이다오 北島

중국의 시인(1949~). 본명은 자오전카이赵振开, '몽롱시朦朧詩'파를 대표한
다. 시 잡지 〈오늘今天〉을 발간했고, 여러 차례 노벨문학상 후보자로 거론
되었다. 현재 홍콩 중문대학 교수다. 시집 『낯선 백사장』 『세상 끝에서』
『영도 이상의 풍경』 『자물쇠를 열다』 등이 있다.

한 다발 一束 최용만 옮김

블라디미르 마야콥스키 Vladimir Mayakovsky

러시아의 시인(1893~1930). 시에서의 사회주의 리얼리즘의 창시자로, 십일
월 혁명을 열광적으로 환영, '예술 좌익 전선'을 결성하였다. 대표작으로 시
「바지를 입은 구름」 「전쟁과 세계」 등이 있다.

미완성의 시 Уже второй должно быть ты легла 이상원 옮김

비센테 알레익산드레 Vicente Aleixandre

에스파냐의 시인(1898~1984). 낭만주의와 초현실주의의 영향을 받아 자
연과 인생의 체험을 표현하였다. 1977년 노벨문학상을 받았다.

불 El fuego 정창 옮김

비엔즈린 卞之琳

중국의 시인이자 문학평론가(1910~2000). 1930년대 '신월파新月派' 시인으
로 셰익스피어 전문가다. 대표작으로 시 「단장」「가을풀」「물고기눈魚目集」
등이 있다.

바람 끝에 실려 오는 소식 音塵 최용만 옮김

빅토르 위고 Victor Hugo

프랑스의 시인이자 극작가(1802~1885). 낭만주의의 거장으로서 자유주의
적이고 인도주의적인 경향을 보인다. 대표작으로 소설 『레 미제라블』『파
리의 노트르담』 등이 있다.

때때로, 모두 잠든 후, 나는 벅찬 가슴으로 Parfois, lorsque tout dort, je m'assieds
plein de joie 백선희 옮김

산도르 페퇴피 Sándor Petöfi

헝가리의 시인(1823~1849). 대표작으로 서사시 「용자勇者 야노슈János」, 시
집 『단지 한 가지 일이 마음에 걸린다』 등이 있다.

내가 급류였으면…… Lennék én FolyÓvíz…, 我愿意是急流…… 최용만 옮김

살바토레 콰시모도 Salvatore Quasimodo

이탈리아의 시인(1901~1968). 사회적 시, 극시 등을 쓰면서 시의 새로운 표

현 수단을 추구하였다. 1959년 노벨문학상을 받았으며, 시집 『인생은 꿈이
아니다』 『그리하여 곧 석양이 오다』 등이 있다.

보일 듯 말 듯 Visibile, invisibile / **이제 곧 저녁이다** Ed è subito sera   이승수 옮김

샹친 商禽

대만의 시인(1930~2010). 본명 뤄셴헝罗显烆이나 뤄옌罗燕. 1945년 군에 입
대, 국민당 대만 철군 때 대만으로 갔다. 초현실주의 대표 시인으로 시집 『꿈
혹은 새벽이나 그 밖의 것들』 『발로 하는 생각』 『샹친 시전집』 등이 있다.

발로 하는 생각 用脚思想   최용만 옮김

세사르 바예호 César Vallejo

페루의 시인(1892~1938). 전투적인 정치적 시인으로 시집 『검은 사자使者
들』, 사회소설 「텅스텐」 등이 있다.

죽은 목가 牧歌 Idilio muerto   정창 옮김

슈팅 舒婷

중국의 시인(1952~). 본명은 공페이위龚佩瑜, '몽롱시朦朧詩'파의 여성 작
가다. 저서로는 『쌍돛배』 『노래하는 아이리스』 『시조새』 등이 있다.

참나무에게 致橡树   최용만 옮김

스즈 食指

중국의 시인(1948~). 본명은 궈루성郭路生이다. 시집 『미래에 관한 믿음』
『스즈의 시』 등이 있다.

네가 출발할 때 在你出发的时候 / **네 시 공 팔 분의 북경** 这是四点零八分的北京

최용만 옮김

시촨 西川

중국의 시인(1963~). 본명은 류쥔劉軍, 현재 북경 중앙미술대학 인문학부
에 재직 중이다. 시집『중국의 장미』『꾸민 족보』『대체적으로 이렇습니다』
등이 있다.

물을 마신다 飮水   최용만 옮김

아도니스 Adonis

시리아의 시인이자 문예비평가(1930~). 아랍 시의 발전을 저해하는 전통
적 잣대에 반대, 현대 아랍 시문학에 새로운 형식을 창조했다.『거울들』
『복수 형태의 단수』『포위의 책』등을 썼다.

의미의 숲을 여행할 때 필요한 몇 가지 지침(부분) دليل للسفر في غابات المعنى, 在意义丛
林旅行的向导   최용만 옮김

알렉산드르 푸시킨 Aleksandr Pushkin

러시아의 시인이자 소설가(1799~1837). 러시아 리얼리즘의 기초를 확립,
러시아 근대 문학의 시조다. 서사시「예브게니 오네긴」, 소설『대위의 딸』
등이 있다.

~에게 K Керн / 삶이 그대를 속일지라도 Если жизнь тебя обманет   이상원 옮김

야셴 痘弦

대만의 시인(1932~). 본명은 왕칭린王慶麟으로 현재 캐나다에 거주한다.
시집『벙어리 시초』『소금』『심연 』등이 있다.

우산 傘   최용만 옮김

에디트 쇠데르그란 Edith Södergran
러시아 태생의 핀란드 시인(1892~1923). 모더니즘 시인으로 예언적인 시를
썼다. 대표작으로 「장미의 제단」 등이 있다.
별 Tähdet, The Stars / **황혼** Kväll, Evening 서창렬 옮김

에밀리 디킨슨 Emily Dickinson
미국의 시인(1830~1886). 죽은 뒤에 시가 발표되어 비로소 명성을 얻었으
며, 이미지즘에 크게 영향을 미치는 단시短詩들을 남겼다. 1924년 정본定本
시집이 간행되었다.
기억이 망각이라면 If Recollecting Were Forgetting 서창렬 옮김

에우제니오 몬탈레 Eugenio Montale
이탈리아의 시인(1896~1981). 20세기 이탈리아의 대표적 시인으로, 전통
적인 시형詩型을 깨뜨리고 황폐한 현대 세계의 내적 풍경에 어울리는 새
기법을 정착시켰다. 1975년에 노벨문학상을 받았으며, 시집 『오징어의 뼈』
『기회』 등이 있다.
잉글리시 호른 Corno inglese 이승수 옮김

에우헤니오 데 안드라데 Eugênio de Andrade
포르투갈의 시인(1923~2005). 조제 폰치냐스의 필명. 1984년에 출간된
『백은 흰색』이 가장 널리 알려졌다.
과일이 있는 정물 Natureza-Morta com Frutos 정창 옮김

예쓰 也斯
홍콩의 시인(1947~2013). 본명은 량빙쥔梁秉鈞. 시집 『천둥소리와 매미 울

음』『유리된 시』『묘한 것들』 등이 있다.

도시 풍경 城市风景　최용만 옮김

예후다 아미차이 Yehuda Amichai

이스라엘의 시인(1924~2000). 히브리어로 말하고 쓰는 이스라엘의 가장
위대한 현대 시인이자 1960년 이후 세계 시의 주요 인물 중 한 명이다.

그전에 בטרם, Before　서창렬 옮김 / **삐걱대는 문** לא זו היא, 嘎吱响的门

최용만 옮김

오디세우스 엘리티스 Odysseus Elytis

그리스의 시인(1911~1996). 크레타 섬 출신 초현실주의 시인으로『방향』
『제1의 태양』으로 명성을 얻었고 1979년 노벨문학상을 수상했다.

나는 더 이상 밤을 모르노라 Δεν ξέρω πια τη νύχτα, I Know the night no longer /
코린트의 태양을 마신다 Πίνοντας ήλιο κορινθιακό, Drinking the sun of corinth

서창렬 옮김

오시프 만델슈탐 Osip Mandelstam

러시아의 시인(1891~1938). 첫 시집『돌』로 순수 시인으로서의 지위를 확
보, 파스테르나크, 아흐마토바에 필적하는 시인으로 평가되었다. 1937년
스탈린의 대숙청 때 희생되었으나 해빙解氷 후 복권되었다.

눈 덮인 숲의 고요 속에서 Музыка твоих шагов　이상원 옮김

오우양장허 欧阳江河

중국의 시인(1956~). '몽롱시朦朧詩'파의 대표 시인으로 문학평론가이자
서예가다. 저서로『말과 글이란 유리창을 뚫고』『누가 떠나고 누가 남았는

가』『사물의 눈물』등이 있다.

정적 寂靜　최용만 옮김

옥타비오 파스 Octavio Paz

멕시코의 시인이자 비평가(1914~1998). 외교관으로 세계 각지를 다니며 시 작詩作에 열중하였고 파리에서 쉬르리얼리즘운동에도 참여했다. 시집『동 사면東斜面』등이 있으며 1990년 노벨문학상을 수상했다.

어느 시인의 비문 Epitafio para un poeta　정창 옮김

울리안 파라 시아드 Ulian Farah Siad

지부티의 시인(1930~). 소말리아에서 생활하고 있다. 고유의 리듬으로 말 미암아 시 이미지가 선명하다.

분별 分別　최용만 옮김

위광중 余光中

대만의 시인(1928~). 난징 태생이나 1949년 부모를 따라 홍콩으로 이주, 1950년 대만으로 건너갔다. 「그리움」과 「향수사운鄕愁四韻」 등 많은 시가 중국과 대만의 교과서에 실려 있다.

그리움 鄕愁　최용만 옮김

윌리엄 버틀러 예이츠 William Butler Yeats

아일랜드의 극작가이자 시인(1865~1939). 대표작으로 희곡 「캐슬린 백작 부인」, 시집『탑塔』『나선 계단』등이 있다. 1923년에 노벨문학상을 받았다.

그대 늙어 When You Are Old / **쿨 호수의 야생 백조** The Wild Swans at Coole

서창렬 옮김

윌리엄 블레이크 William Blake

영국의 시인이자 화가(1757~1827). 신비적 향취가 높은 삽화와 판화 및 여러 시작詩作으로 영국 낭만주의의 선구를 이루었다. 시집 『결백의 노래』 『경험의 노래』 등이 있다.

순수의 전조(부분) Auguries of Innocence / **호랑이** The Tyger 서창렬 옮김

이브 본푸아 Yves Bonnefoy

프랑스의 작가(1923~). 1945년 〈혁명, 밤〉이란 잡지를 공동으로 창간, 이 잡지를 통해 작가의 길을 걷는다. 시집 『두브의 움직임과 부동성에 대해』 『글로 쓰인 돌』 『빛 없이 있던 것』 등이 있다.

밤의 여름(부분) L'été de nuit 백선희 옮김

이엔리 严力

중국의 시인이자 화가(1954~). 뉴욕에서 〈일행一行〉이라는 잡지를 발행하며 동명의 예술 단체를 조직하여 활동 중이다. 시집 『이 시는 그럭저럭 괜찮아』 『황혼제조자』 등이 있다.

돌려주세요 还给我 최용만 옮김

이췬 依群

중국의 시인(1947~). 본명은 이시췬衣錫群. 1970년대 중국의 전위주의인 '선봉파先鋒派' 시인이다. 작품으로는 『파리코뮌』 『장안 거리』 등이 있다.

안녕하신가, 슬픔이여 你好, 哀愁 최용만 옮김

잉그리드 존커 Ingrid Jonker

남아프리카공화국의 시인(1933~1965). 남아프리카공화국의 공용어인 아

프리칸스어로 작품 활동을 한 여성 시인으로, 비극적인 삶은 종종 실비아 플라스와 비교된다.

네가 다시 일기를 쓸 때―잭에게 As jy weer skryf, When you write again―to Jack
서창렬 옮김

잉에르 크리스텐센 Inger Christensen

덴마크의 시인이자 소설가(1935~2009). 덴마크어로 시적 실험을 이루었다. 시집 『빛』『알파벳』 등이 있다.

우리가 망쳐버린 것들(부분) Alfabet, 我们毁掉的 최용만 옮김

자크 프레베르 Jacques Prévert

프랑스의 시인이자 시나리오 작가(1900~1977). 시집 『파롤』로 인기를 얻었으며 코스마가 샹송으로 작곡한 〈고엽枯葉〉이 유명하다. 시집 『이야기들』 등이 있다.

공원 La jardin 백선희 옮김

장자오 張棗

중국의 시인(1962~2010). 독일에서 문학철학 박사학위를 받은 전위주의 시인이다. 시집 『세월이 보내온 편지』『장자오의 시』 등이 있다.

거울 속 镜中 최용만 옮김

즈비그니에프 헤르베르트 Zbigniew Herbert

폴란드의 시인(1924~1998). 17세부터 시를 쓰기 했고 1956년 폴란드가 스탈린 체제에서 벗어나고 문학의 유일한 양식이었던 사회주의 리얼리즘이 폐기되자, 정식으로 시단에서 활동했다. 시집 『빛의 심금』『헤르메스, 개와

별』『사물 연구』 등 다수다.

목소리 Głos, Voice   서창렬 옮김

지쉔 紀弦

중국의 시인(1919~2013). 본명은 루위路逾. 1930년대 대표적인 모더니즘 시인이다. 시집『역사 시집』『불타버린 도시』『별을 따는 소년』등이 있다.

너의 이름 你的名字   최용만 옮김

쩡민 鄭敏

중국의 시인(1920~). '구엽파九葉派' 시인으로 영문학을 전공했다. 번역가이자 시론가로 여러 저작을 남겼다. 시집『시집 1942~1947』『심상』『새벽, 나는 빗속에서 꽃을 딴다 』등이 있다.

황금빛 볏단 金黃的稻束   최용만 옮김

쪼우멍디에 周夢蝶

대만의 시인(1921~2014). 본명은 쪼우치슈周起述. 생활난으로 국민당 군에 입대, 국민당 대만 철군 때 대만으로 갔다. 시집『고독한 나라』『환혼초』『하얀 국화 열세 송이』등이 있다.

구행 九行   최용만 옮김

차이치쟈오 蔡其矯

중국의 시인(1918~2007). 1938년 연안으로 가서 혁명운동에 참여했다.「육박肉搏」이라는 시로 이름을 알렸다. 산문을 쓰기도 했으며 저서로『메아리』『물결 소리』『메아리 속집』등 다수다.

물결 波浪   최용만 옮김

창야오 昌耀

중국의 시인(1936~2000). 본명은 왕창야오王昌耀. 1950년 인민해방군에 입대, 한국전쟁에서 상이군인으로 전역했다. 곤경 속에서 생명을 예찬하는 시를 많이 썼다. 대표작으로 『창야오 서정시집』『운명의 글』『하나님의 모래밭을 걷는 도전적인 여행자』 등이 있다.

한 떨기 향기로운 난 一片芳草 최용만 옮김

처치옌즈 车前子

중국의 시인이자 화가(1963~). 본명은 구판顾盼, 21세기 대표적인 문인화가이자 '제삼세대第三世代' 시파의 시인이다. 시집 『종이 사다리』『독각수와 향료』 등이 있다.

삼원색 三原色 최용만 옮김

천징룽 陳敬容

중국의 시인(1917~1989). 본명은 천이판陳懿范. '구엽파九葉派' 시인으로 중국 현대 여성 작가 중 창작 활동 시기가 가장 길다. 시집 『교향집』『방실방실』『시간은 늘 가던 대로 간다』 등이 있다.

산과 바다 山和海 최용만 옮김

칼 샌드버그 Carl Sandburg

미국의 시인(1878~1967). 신시新詩 운동에 투신, 소박한 언어로 도시나 전원을 표현하였다. 1940년 퓰리처 역사상歷史賞을 받았다. 시집 『시카고 시집』『연기와 강철』 등이 있다.

안개 Fog 서창렬 옮김

케빈 존 하트 Kevin John Hart

호주의 시인이자 신학자(1954~). 철학자이자 문학평론가이기도 하다. 여러 상을 받았으며 시집 『나무 불꽃』『녹턴』 등이 있다.

미래의 역사 A History of the Future   서창렬 옮김

토마스 트란스트뢰메르 Tomas Tranströmer

스웨덴의 시인이자 작가(1931~). 13세부터 시를 쓰기 시작했다. 시집 『여정의 비밀』『미완의 천국』『반향과 흔적』 등이 있다. 2011년 노벨문학상을 수상하였다.

1979년 3월부터 Från mars-79, From March-79 / **1966년 해빙기에 쓰다** Från snö-smältningen-66, From the Thaw of 1966   서창렬 옮김

파블로 네루다 Pablo Neruda

칠레의 시인(1904~1973). 초현실주의적인 경향의 시를 썼으며, 1971년에 노벨문학상을 받았다. 대표작으로 시 「스무 개의 사랑의 시와 하나의 절망의 노래」「지상의 주거」 등이 있다.

고독 La soledad / **저마다의 하루가 저문다** Si cada dia cae…   정창 옮김

펑즈 馮至

중국의 시인이자 교육가(1905~1993). 본명은 펑청즈馮承植, 북경대학 독문과 교수, 중국사회과학원 외국문학연구소 소장을 역임했다. 시집 『어제의 노래』『북방 유람과 그 밖의 것들』 등이 있다.

깊은 밤 깊은 산속 深夜又是深山   최용만 옮김

페데리코 가르시아 로르카 Federico Garcia Lorca

에스파냐의 시인이자 극작가(1898~1936). 시와 희곡에서 전통적 양식과 현대적 양식을 훌륭하게 융합했다는 평가를 받았다. 시집 『집시 가집』, 희곡 「피의 혼례」 「예르마」 등이 있다.

벙어리 아이 El nino mudo / **기타** La guitarra 정창 옮김

페르난두 페소아 Fernando Pessoa

포르투갈의 시인(1888~1935). 포르투갈 모더니즘 문학 운동을 주도, 생전 130여 편의 산문과 300편의 시를 발표했다. 대표작은 사후 47년이 흘러서 출간된 『불안의 책』이다.

즐거움 없는 나날은 그대의 것이 아니다 Cada dia sem gozo não foi teu 정창 옮김

페이밍 废名

중국의 시인이자 작가(1901~1967). '경파京派'의 시조로 선禪적인 경지의 작품 세계를 보인다. 대표작으로 「거울」 「등」 「화분」 등이 있다.

십이월 십구야 十二月十九夜 최용만 옮김

폴 엘뤼아르 Paul Éluard

프랑스의 시인(1895~1952). 다다이즘, 초현실주의 운동을 일으켰으며, 뒤에는 공산주의자로 전향하였다. 대표작으로 시 「고뇌의 수도首都」 「시와 진실 1942년」 등이 있다.

자유 Liberté 백선희 옮김

프리드리히 횔덜린 Friedrich Hölderlin

독일의 시인(1770~1843). 고대 그리스에 대한 동경을 섬세하고 격조 높은

작품으로 남겼다. 시 「평화의 축하」 「디오티마」, 소설 『히페리온』 등이 있다.
자연에게 An die Natur 박광자 옮김

필립 라킨 Philip Larkin
영국의 시인이자 소설가(1922~1985). 개인적 체험에 입각한 제재를 풍부하
고 정확한 이미지와 단정한 시형으로 노래했다. 시집 『속지 않는 사람』『북
쪽의 배』 등이 있다.
하루하루 Days 서창렬 옮김

하이즈 海子
중국의 시인(1964~1989). 본명은 차하이셩查海生, 1989년 3월 26일 산하이
관 근처 철로에서 누운 채 자살했다. 그의 죽음은 1980년대 '시인의 죽음'
이라는 상징어로 종종 표현된다. 사후 『토지』『하이즈 시 전편』 등의 시집
이 출판되었다.
바다를 마주하고 따듯한 봄날에 꽃이 피네 面朝大海, 春暖花开 최용만 옮김

하인리히 하이네 Heinrich Heine
독일의 시인(1797~1856). 낭만파의 서정시인이며 '청년 독일파'의 지도자로
독일 제국주의에 대항하였다. 시집 『노래의 책』『독일, 겨울 이야기』 등이
있다.
별들은 미동도 없이 Es stehen unbeweglich 박광자 옮김

한둥 韩东
중국의 시인이자 소설가(1961~   ). '제삼세대第三世代' 시파의 가장 주요한
시인이다. 대표작으로 『운 좋은 호랑이』『아빠가 하늘에서 날 보고 계셔』,

국내에 소개된 『독종들』 등이 있다.

어떤 어둠 一种黑暗 최용만 옮김

허치팡 何其芳

중국의 시인이자 문학평론가(1912~1977). 본명은 허융팡何永芳. '홍학紅學'
연구가이자 작가협회 서기 등의 관직을 두루 거쳤다. 시집 『예언』 『밤의 노
래』 『밤의 노래와 낮의 노래』 등이 있다.

기쁨 欢乐 최용만 옮김

헨릭 노르드브란트 Henrik Nordbrandt

덴마크의 시인이자 소설가(1945~). 1966년 등단. 덴마크의 작가지만 지중
해에서 삶의 대부분을 보냈다. 시집 『유리』 『빙하기』 『꿈의 다리』 등이 있다.

집으로 Hjemkomsten, 回家 최용만 옮김

호르헤 루이스 보르헤스 Jorge Luis Borges

아르헨티나의 시인이자 소설가(1899~1986). 미, 지성, 형이상학, 윤리 도덕
따위를 우의와 상징으로 대담하게 통합하여, 환상적으로 표현하였다. 대
표작으로 「부에노스아이레스의 열광」 「엘 알레프」 등이 있다.

호랑이들의 황금 El oro de los tigres 정창 옮김

후안 라몬 히메네스 Juan Ramón Jiménez

에스파냐의 시인(1881~1958). 에스파냐의 근대시파를 창시한 사람 가운데
한 명으로, 1956년 노벨문학상을 받았다. 시집 『슬픈 아리아』 『신혼新婚 시
인의 일기』 등이 있다.

나는 모른다 Jardín 정창 옮김